Tout va bien, mon chéri ? Le repas refroidit et mes parents s'impatientent .
J'arrive, mon amour.
Sutter
"INAVOUABLE", C'EST DIX-HUIT ANECDOTES INFÂMANTES 100% VÉRIDIQUES QUE LE DESSINATEUR THÉOPHILE SUTTER A ÉHONTÉMENT RETRANSCRITES EN BÉDÉ.

INAVOUABLE

PRÉFACE D'UNE ŒUVRE MAJEURE DE THÉOPHILE SUTTER (PAR THÉOPHILE SUTTER)

En décembre 2022 sortait mon deuxième livre, Le Roi honnête, écrit par Kim Froissant (éditions Gautier-Languereau, 18,95 €, en vente partout). Pour l'occasion, nous organisions une signature en librairie.
Ooups !!! J'ai accidentellement mis mon 06 sous la dédicace… Est-ce que je peux me rattraper en vous offrant un verre ?
Kim
LE ROI HONNÊTE
Je viens littéralement de vous dire que j'offrais ce livre à mon mec pour notre anniversaire de mariage.
LE ROI HONNÊTE
Le Roi honnête est une fable pour enfants dont le texte parle de la vérité, des secrets et du droit à la vie privée.
Rien à voir avec mon premier livre, Banquets ! co-écrit avec Roland Theimer, 30 € en vente partout !
BANQUETS!
V.R.P... ET V.I.P.!!!
Du coup, lors du lancement, nous eûmes l'idée d'installer une "boîte à secrets" dans la librairie. Les gens présents étaient invités à y glisser leur anecdote la plus honteuse.
Dommage que les secrets soient anonymes …
Je suis sûre que vous reconnaîtrez le mien.
Le lendemain, j'ouvris la boîte. Je me delectai intensément de la lecture de ces haïkus infamants écrits sur le ton de la confession.
JE SUIS AMOUREUX DE MA FEMME
je rêve que je rêve
j'ai un gros crush sur la libraire du vernissage
J'AI 35 ANS ET JE COLLE ENCORE MES CROTTES DE NEZ SOUS LE LIT
le secret du
c'est la ca
J'ai fait caca sur le paillasson d'un voisin de merde
J'ai donné le 06 de Théo à mon mari pour qu'il lui défonce la gueule
Pour "sauver la planète", je veux que tout le monde meure à 65 ans
JE SUIS JUIVE
NB : Tous les secrets reproduits ci-dessus sont véridiques (sauf un).
BOUYA
J'étais tellement amusé que j'envoyai les plus marrants à Catherine Saunier-Talec, mon éditrice chérie. Sa réponse ne se fit pas attendre.
Katrine $$$
téma lé secret !!! Loool
Quelle poésie. Fais-en un livre, ça parlera sûrement aux voyeurs et aux cinglés.
Pure idée ! je mi met :)

Je me lançai donc. Pour faire le plein d'histoires, je mis une boîte à secrets dans mon café fétiche, le Café du Coin. *J'offris même un café à chaque client y déposant un mot.*
Voilà, 50 secrets !!! Je peux avoir mes 50 cafés, s'il vous plaît ?
Ça vient.
Je glanai aussi pas mal d'anecdotes oralement.
Snif... Cette histoire est un tel traumatisme... Je ne sais pas... si je m'en remettrai... Bouhou...
Ok. Tu peux me la refaire en articulant plus et en chouinant moins, please ?
Bref. Tout ça pour vous dire que dans ce livre...
TOUT EST VRAI.
Bien entendu, j'ai mis les dialogues à ma sauce, mais...
TOC TOC TOC !!!!!!
QU'EST-CE QUE C'EST ???
POLICE !!! PAS UN GESTE !!!
BLA!
Et merde.
Allô, chef ? Le suspect a été interpellé dans la cave de sa mère. Il parlait tout seul devant une sorte de poster représentant une baraque de mauvais goût. Over.
RENDEZ-MOI MA PIPE, BANDE DE NAZIS !!!
Mais... c'est une pipe à bulles ???

U.R.S.S.A.F.
SERVICE DES GRANDS IMPAYÉS

LAISSEZ-MOI SORTIR, ENFOIRÉS !!! JE VOUS RAPPELLE QUE MES IMPÔTS PAYENT VOS SALAIRES MISÉRABLES !!!
Tes impôts, ça fait dix piges que tu les raques plus. C'est pour ça qu'on t'embarque, gros malin.
Vu l'oseille que tu dois à l'État, tu risques de prendre un max…
T'as une dernière parole à prononcer en homme libre, amigo ?
Ouais…

BO
LECT
!!!!!

ONNE
TURE
!!!!!

SECRET#1 "TOMBER SOUS LE PANNEAU"
Je suis un homme normal...
Salut Gégé !!! Quoi de neuf ?
Rien !
Avec une passion anormale.
La nuit, je parcours les routes de France pour "récupérer" des panneaux de signalisation vintage.
kommandantur

Je commence à avoir une belle collection de ces vieilleries…
LIMITATION
180
PASSAGE AÉROTRAIN
SIÈGE DU P.S.
BUVETTE COLONIALE
"AUX CIVILISATEURS ASSOIFFÉS"
FOURCHETTE D'OR 1932
AUTO ÉCOLE DE FILLE
RELAIS ROUTIER
vins & digestifs à volonté
ESPACE FUMEUR
… mais comme vous vous en doutez, ce petit hobby est aux limites de la légalité.
Un soir, lors d'une de mes rondes, je suis tombé sur une perle rare.
Coup de bol, j'avais ma pince sur le siège passager, juste à côté de mon téléphone.
Hihi, yes !!!
J'ai donc commis mon forfait. Le panneau est tombé avec une facilité déconcertante.
Soit c'est trop facile, soit c'est moi qui suis trop un boss…

Juste avant de me barrer, j'ai remarqué que mon téléphone était tombé par terre pendant l'opération.
Oups !!!
Je l'ai ramassé et j'ai roulé comme un fou, creusant avec fièvre l'écart qui me séparait du théâtre de mon sinistre crime.
Puis…
Heureusement que j'ai récupéré mon tel, putain …
Quand je pense qu'en plus ma Carte Vitale couverte d'empreintes digitales est rangée dans la coque !!!
Tiens, maintenant que j'ai bien roulé des heures, je vais vérifier qu'elle est toujours là.
La suite de l'histoire se résume en un cri : celui que j'ai poussé alors.
MEEEE
ERDE!!

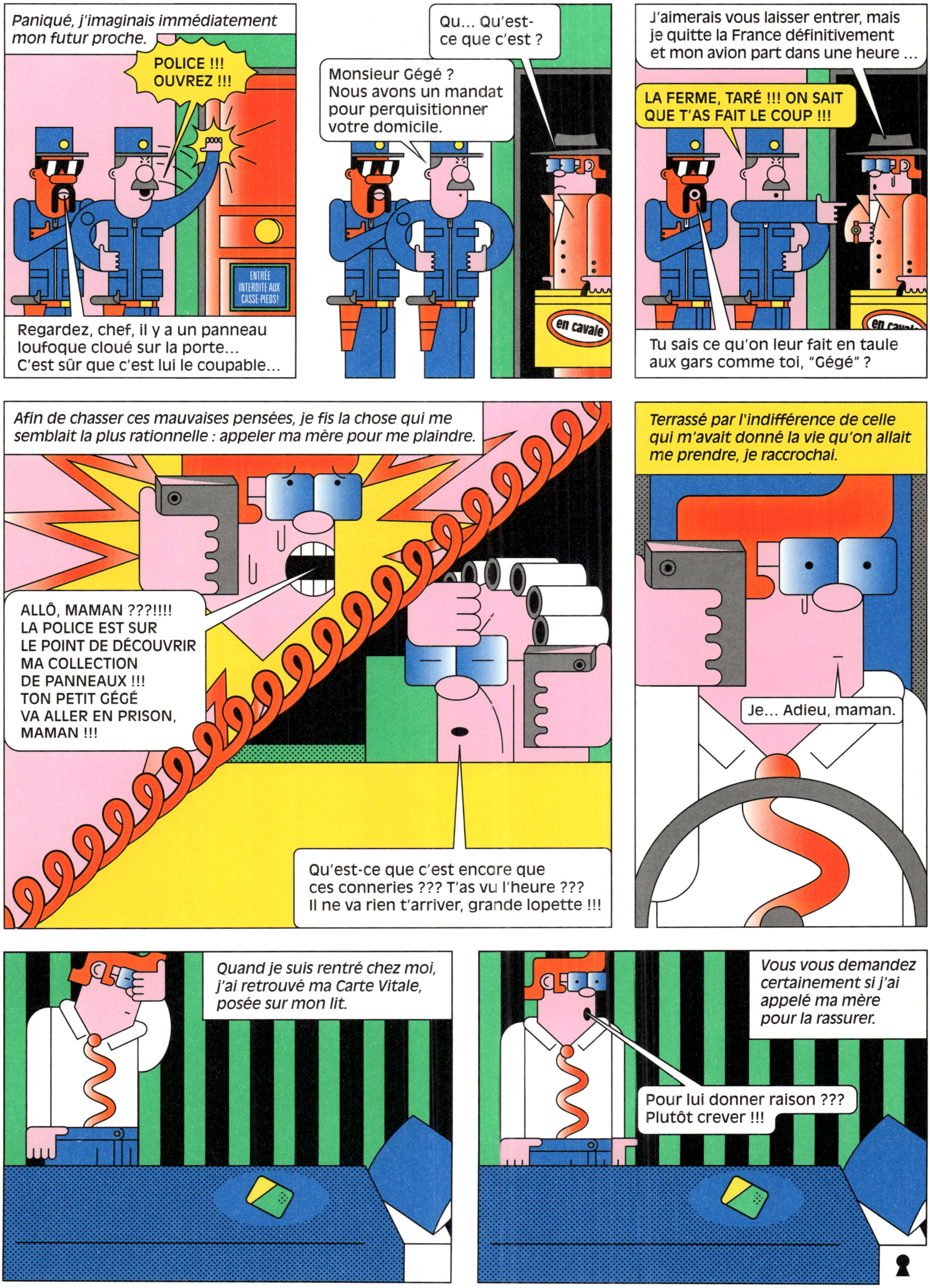

Paniqué, j'imaginais immédiatement mon futur proche.
POLICE !!! OUVREZ !!!
ENTRÉE INTERDITE AUX CASSE-PIEDS!
Regardez, chef, il y a un panneau loufoque cloué sur la porte… C'est sûr que c'est lui le coupable…
Qu… Qu'est-ce que c'est ?
Monsieur Gégé ? Nous avons un mandat pour perquisitionner votre domicile.
en cavale
J'aimerais vous laisser entrer, mais je quitte la France définitivement et mon avion part dans une heure …
LA FERME, TARÉ !!! ON SAIT QUE T'AS FAIT LE COUP !!!
Tu sais ce qu'on leur fait en taule aux gars comme toi, "Gégé" ?
Afin de chasser ces mauvaises pensées, je fis la chose qui me semblait la plus rationnelle : appeler ma mère pour me plaindre.
ALLÔ, MAMAN ???!!!! LA POLICE EST SUR LE POINT DE DÉCOUVRIR MA COLLECTION DE PANNEAUX !!! TON PETIT GÉGÉ VA ALLER EN PRISON, MAMAN !!!
Qu'est-ce que c'est encore que ces conneries ??? T'as vu l'heure ??? Il ne va rien t'arriver, grande lopette !!!
Terrassé par l'indifférence de celle qui m'avait donné la vie qu'on allait me prendre, je raccrochai.
Je… Adieu, maman.
Quand je suis rentré chez moi, j'ai retrouvé ma Carte Vitale, posée sur mon lit.
Vous vous demandez certainement si j'ai appelé ma mère pour la rassurer.
Pour lui donner raison ??? Plutôt crever !!!

SECRET#2 "QUIPROQCUL"
J'avais vingt ans, et j'habitais encore chez mes vieux.
Toc toc ! C'est la patrouille des câlins !
Papa et maman vont dîner dehors, mon lapinou...
Hmm
Il y a des poissons panés au congélo et des légumes dans le bac. Tu essayes d'en manger quelques-uns, mon grand ?
Ne sois pas trop dur avec lui, c'est encore un enfant...
Hmm
Ma chambre étant juste à côté de l'entrée, j'entendis enfin mes parents se barrer.
Je serais plus sereine avec une baby-sitter, mais bon...
CLAC!
Putain... Si je n'étais pas entièrement dénué de motivation, je déménagerais.
Le gîte et le couvert étaient donc assurés pour la soirée. Je décidais aussi d'économiser sur le divertissement en streamant illégalement le classique When Harry met Sally.
Quel bonheur que de profiter intensément de sa jeunesse...
Dans ce film, Harry (joué par Billy Crystal) et Sally (jouée par Meg Ryan) se demandent s'il est possible pour les hommes et les femmes d'être amis sans coucher ensemble.
It's impossible, Sally...
Pfff, bien sûr que c'est possible... Moi, j'arrive super bien à ne baiser aucune de mes amies.
Plans de New York enneigé, dialogues ciselés et musique jazzy ont fait de cette production un des grands succès de l'année 1989. On la considère encore comme séminale du style dit de la "comédie romantique".
Hihi ! Harry, you're so cuuute !
Y a aucun soucis. On peut très bien regarder ça et être un bonhomme.

Dans une scène restée culte, Sally démontre à Harry que les femmes peuvent simuler la jouissance (cette info n'était apparemment pas évidente en 1989). Elle mime donc un gros orgasme dans un restaurant blindé de monde.
What are you saying, that they fake orgasm ?
It's possible...
Ah yes, c'est le meilleur moment !!!
Ce passage a marqué les esprits pour deux raisons : son réalisme torride et sa longue durée (plus d'une minute vingt).
You don't think i can tell the difference ?
No.
Elle va s'y mettre ...
C'est bien évidemment au tout début de cette séquence olé olé que mes parents sont rentrés de leur dîner.
Ouh... Ouh... Yes...
CLAC!
Le quiproquo qui s'annonçait était extrêmement gênant.
Rapidement, les gémissements de Meg Ryan se firent de plus en plus équivoques. Mes options se résumèrent vite à un dilemme cornélien :
OH GOD !!! YES !!!
...
...
1. Tout couper (ce qui passerait pour un aveu de culpabilité).
2. Attendre que la scène passe en bougeant le moins possible (afin d'éviter tout bruissement d'étoffe suspect).
J'optais pour le second choix. Chaque seconde dura un siècle.
OH JESUS !!! YEAAAH !!!
Hum... Heu... Si on allait se coucher tout de suite, chérie ?
Snif... Oui...
Bien entendu, mes parents se coffrèrent dans leur chambre avant la fin de la scène.
YES !!! YES !!! YES !!! YES !!!
Bouhouhou... Je t'avais dit qu'il fallait prendre une baby-sitter !!!
L'un dans l'autre, cet épisode ne fut pas entièrement néfaste : après cette soirée, je trouvais enfin la motivation de déménager.

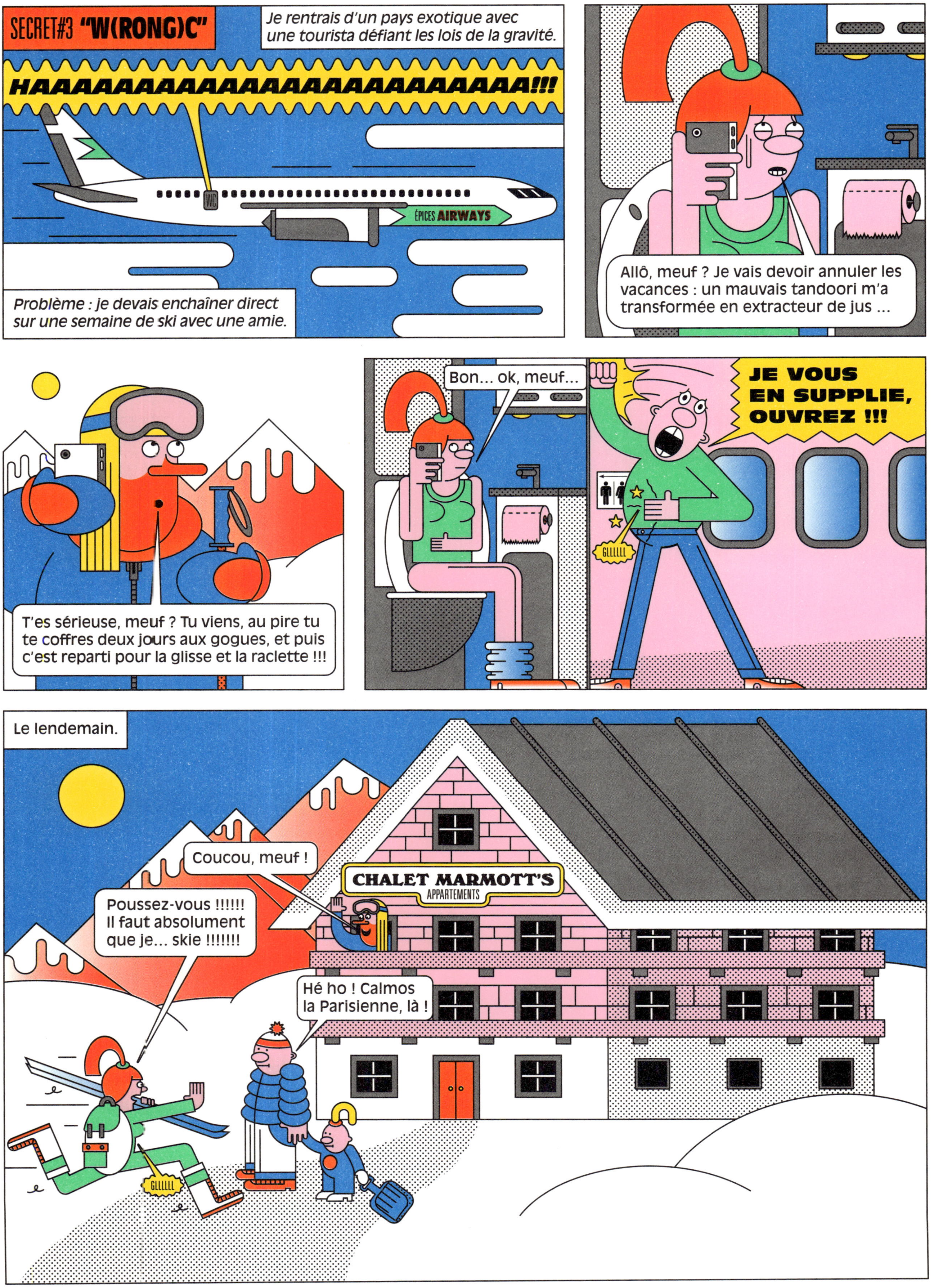

SECRET#3 "W(RONG)C"
Je rentrais d'un pays exotique avec une tourista défiant les lois de la gravité.
HAAAAAAAAAAAAAAAAAAAAAAAAAAAA!!!
WC
ÉPICES AIRWAYS
Problème : je devais enchaîner direct sur une semaine de ski avec une amie.
Allô, meuf ? Je vais devoir annuler les vacances : un mauvais tandoori m'a transformée en extracteur de jus ...
T'es sérieuse, meuf ? Tu viens, au pire tu te coffres deux jours aux gogues, et puis c'est reparti pour la glisse et la raclette !!!
Bon... ok, meuf...
JE VOUS EN SUPPLIE, OUVREZ !!!
GLLLLLL
Le lendemain.
CHALET MARMOTT'S
APPARTEMENTS
Coucou, meuf !
Poussez-vous !!!!!! Il faut absolument que je... skie !!!!!!!
Hé ho ! Calmos la Parisienne, là !
GLLLLLL

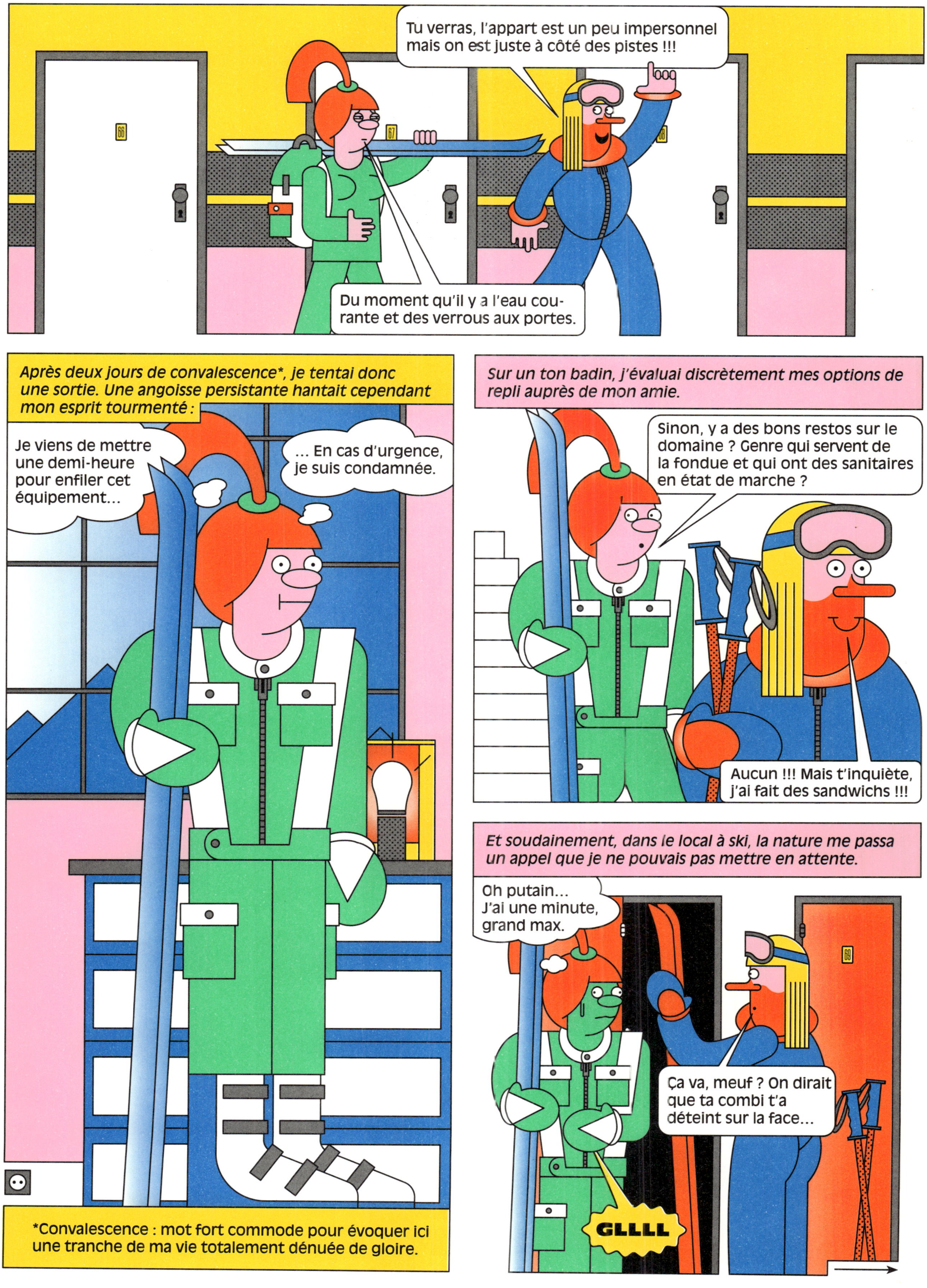
Tu verras, l'appart est un peu impersonnel mais on est juste à côté des pistes !!!
Du moment qu'il y a l'eau courante et des verrous aux portes.
Après deux jours de convalescence*, je tentai donc une sortie. Une angoisse persistante hantait cependant mon esprit tourmenté :
Je viens de mettre une demi-heure pour enfiler cet équipement…
… En cas d'urgence, je suis condamnée.
*Convalescence : mot fort commode pour évoquer ici une tranche de ma vie totalement dénuée de gloire.
Sur un ton badin, j'évaluai discrètement mes options de repli auprès de mon amie.
Sinon, y a des bons restos sur le domaine ? Genre qui servent de la fondue et qui ont des sanitaires en état de marche ?
Aucun !!! Mais t'inquiète, j'ai fait des sandwichs !!!
Et soudainement, dans le local à ski, la nature me passa un appel que je ne pouvais pas mettre en attente.
Oh putain… J'ai une minute, grand max.
Ça va, meuf ? On dirait que ta combi t'a déteint sur la face…
GLLLL

Abandonnant ma dignité et mon forfait à 45,50 € la journée, je me ruai quatre à quatre ...
Le temps et l'espace se distordaient, la sueur me brouillait la vue... Je courais vers "l'appart un peu impersonnel".

YA!!!

WC
WC
OOOOOOOH
Bizarre… D'habitude, il n'y a pas d'avalanche en cette saison…

Euf... On peut dire que je viens d'éviter la honte de ma vie... Et une sacrée note de pressing !!!
Maman ? C'est toi dans les toilettes ?
Non, ma chérie ! Je suis dans le salon !
C'est à ce moment précis que je me suis aperçue que je m'étais trompée d'appartement.
Va chercher papa et dis-lui de prendre le fusil ainsi que du papier d'Arménie.

SECRET#4 "HAUTE TRAHISON"
J'ai beau être italienne, je consomme régulièrement de la pizza surgelée.
Mmmm... Ce croquant, cette saveur... Gina, il faut que tu me donnes ta recette...
C'est... Oune sécret dé famille.
LA PIZZA DEL SIGNORE
CONGELLO

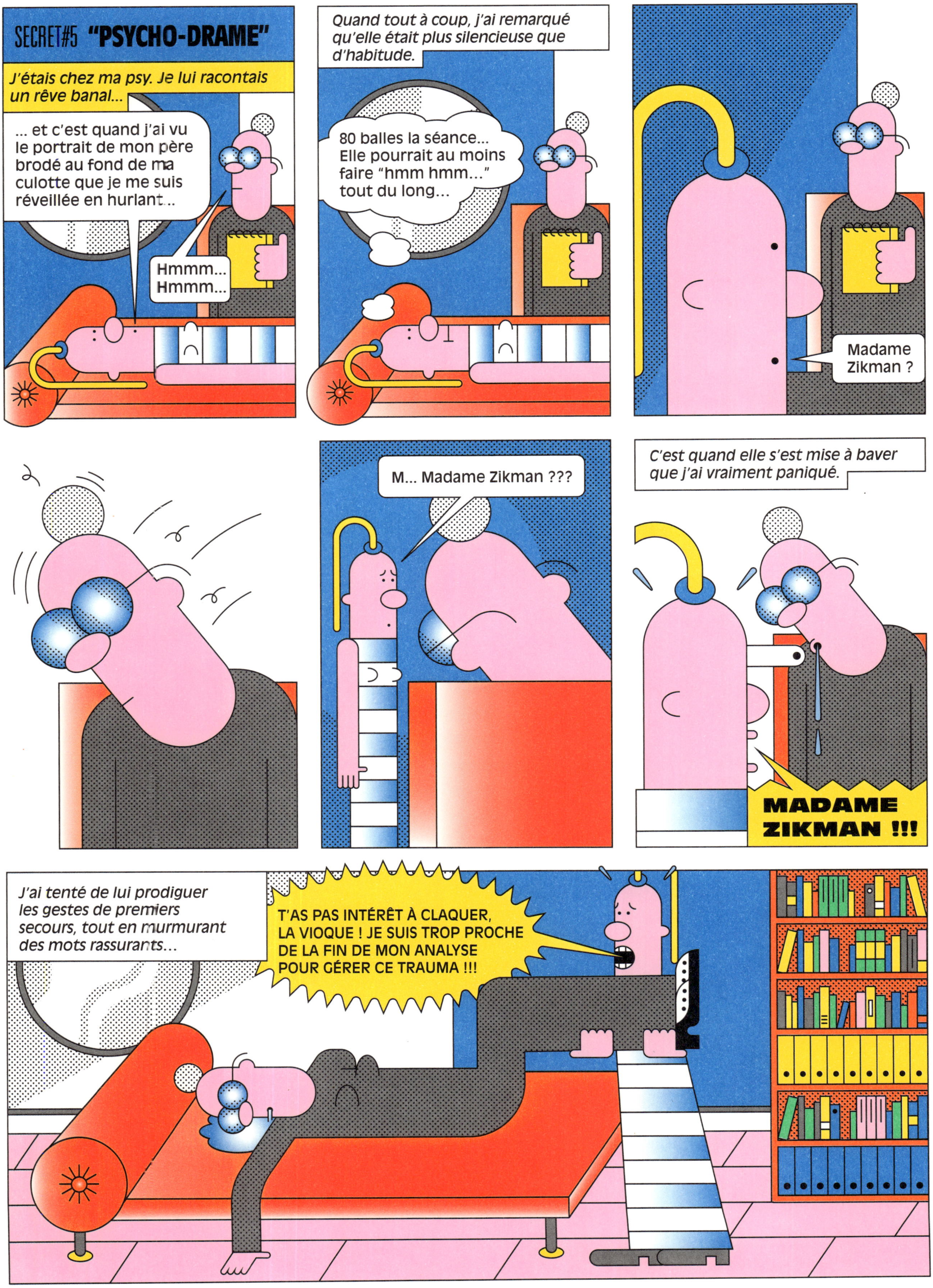
SECRET#5 "PSYCHO-DRAME"
J'étais chez ma psy. Je lui racontais un rêve banal...
... et c'est quand j'ai vu le portrait de mon père brodé au fond de ma culotte que je me suis réveillée en hurlant...
Hmmm... Hmmm...
Quand tout à coup, j'ai remarqué qu'elle était plus silencieuse que d'habitude.
80 balles la séance... Elle pourrait au moins faire "hmm hmm..." tout du long...
Madame Zikman ?
M... Madame Zikman ???
C'est quand elle s'est mise à baver que j'ai vraiment paniqué.
MADAME ZIKMAN !!!
J'ai tenté de lui prodiguer les gestes de premiers secours, tout en murmurant des mots rassurants...
T'AS PAS INTÉRÊT À CLAQUER, LA VIOQUE ! JE SUIS TROP PROCHE DE LA FIN DE MON ANALYSE POUR GÉRER CE TRAUMA !!!

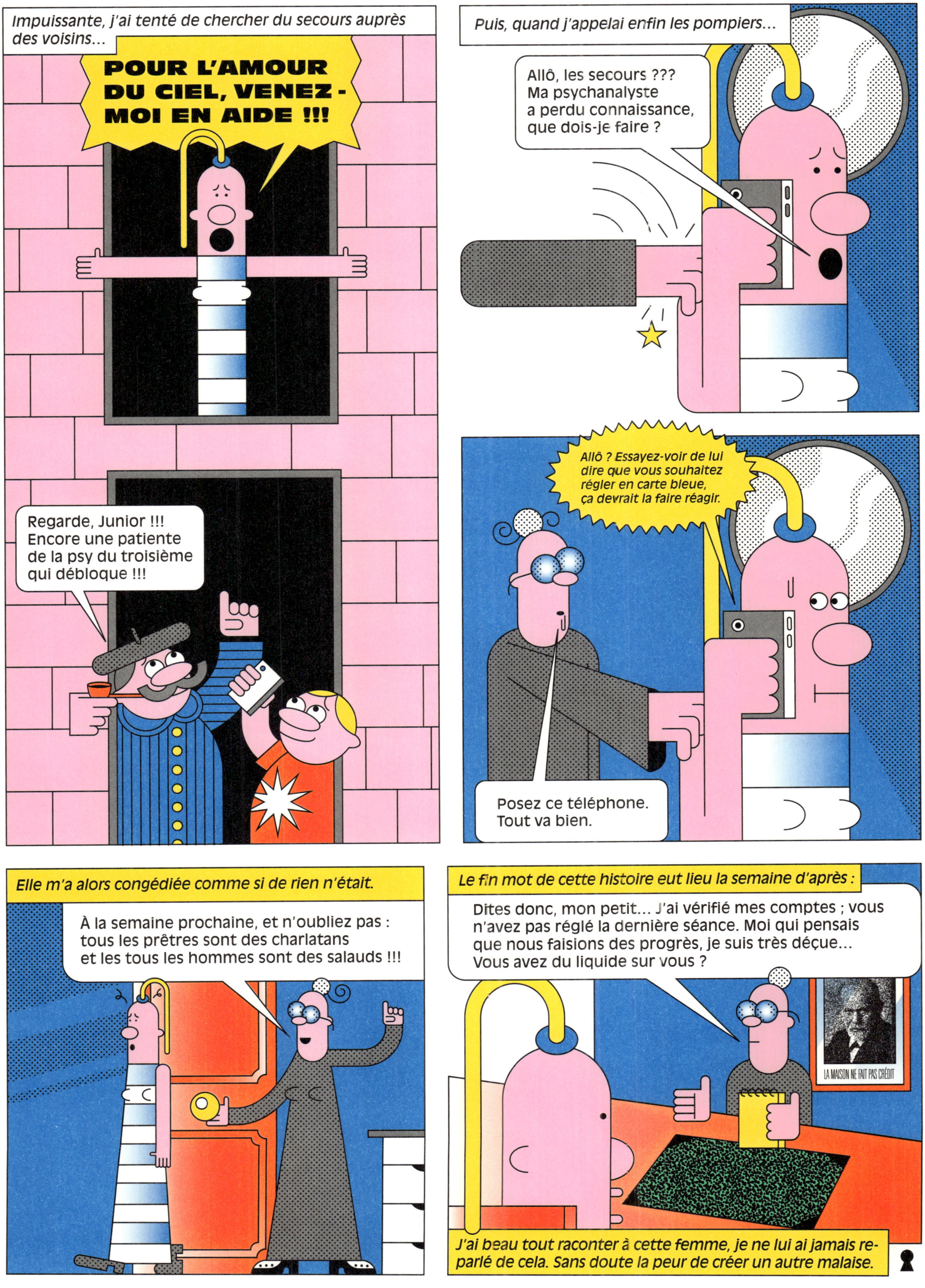

Impuissante, j'ai tenté de chercher du secours auprès des voisins...
POUR L'AMOUR DU CIEL, VENEZ-MOI EN AIDE !!!
Regarde, Junior !!! Encore une patiente de la psy du troisième qui débloque !!!
Puis, quand j'appelai enfin les pompiers...
Allô, les secours ??? Ma psychanalyste a perdu connaissance, que dois-je faire ?
Allô ? Essayez-voir de lui dire que vous souhaitez régler en carte bleue, ça devrait la faire réagir.
Posez ce téléphone. Tout va bien.
Elle m'a alors congédiée comme si de rien n'était.
À la semaine prochaine, et n'oubliez pas : tous les prêtres sont des charlatans et les tous les hommes sont des salauds !!!
Le fin mot de cette histoire eut lieu la semaine d'après :
Dites donc, mon petit... J'ai vérifié mes comptes ; vous n'avez pas réglé la dernière séance. Moi qui pensais que nous faisions des progrès, je suis très déçue... Vous avez du liquide sur vous ?
LA MAISON NE FAIT PAS CRÉDIT
J'ai beau tout raconter à cette femme, je ne lui ai jamais reparlé de cela. Sans doute la peur de créer un autre malaise.

SECRET#6 **"HISTOIRE DE LA MARQUE 100 % CIRCULAIRE QUE J'AI SUR LA FESSE GAUCHE"**

!?
?
ZIP !!!
BOUM
!
...
SCHLOUP
BOUM
BOUM
BOUM
PLOP!!

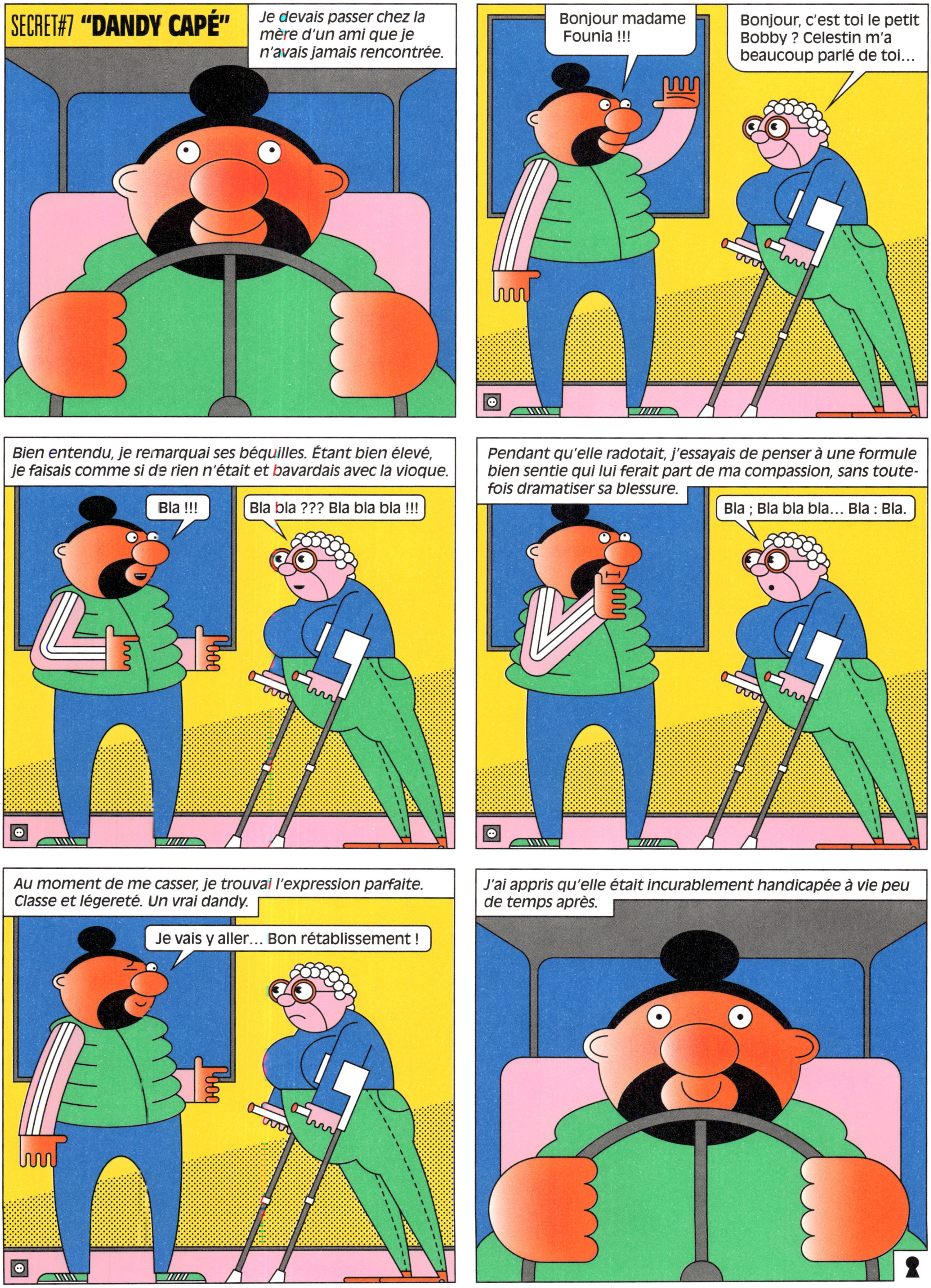
SECRET#7 "DANDY CAPÉ"
Je devais passer chez la mère d'un ami que je n'avais jamais rencontrée.
Bonjour madame Founia !!!
Bonjour, c'est toi le petit Bobby ? Celestin m'a beaucoup parlé de toi...
Bien entendu, je remarquai ses béquilles. Étant bien élevé, je faisais comme si de rien n'était et bavardais avec la vioque.
Bla !!!
Bla bla ??? Bla bla bla !!!
Pendant qu'elle radotait, j'essayais de penser à une formule bien sentie qui lui ferait part de ma compassion, sans toutefois dramatiser sa blessure.
Bla ; Bla bla bla... Bla : Bla.
Au moment de me casser, je trouvai l'expression parfaite. Classe et légereté. Un vrai dandy.
Je vais y aller... Bon rétablissement !
J'ai appris qu'elle était incurablement handicapée à vie peu de temps après.

SECRET#8 "AGENT DOUBLE"
Je vis dans le XIe arrondissement de Paris depuis plusieurs années, je suis entouré d'une écrasante majorité d'amis de gauche. Pourtant, j'ai voté François Fillon en 2017.
BISTRO
VIN NATURE ET CÉRAMIQUE
ATELIER VIVRE-ENSEMBLE (EN NON-MIXITÉ)
Camarade, ton amour pour les mocassins Weston portés sans chaussettes et ton goût pour les grands crus bordelais t'ont trahi. Vive la révolution.
Signé : tes ami.e.s
POUR UN MONDE PLUS TOLÉRANT

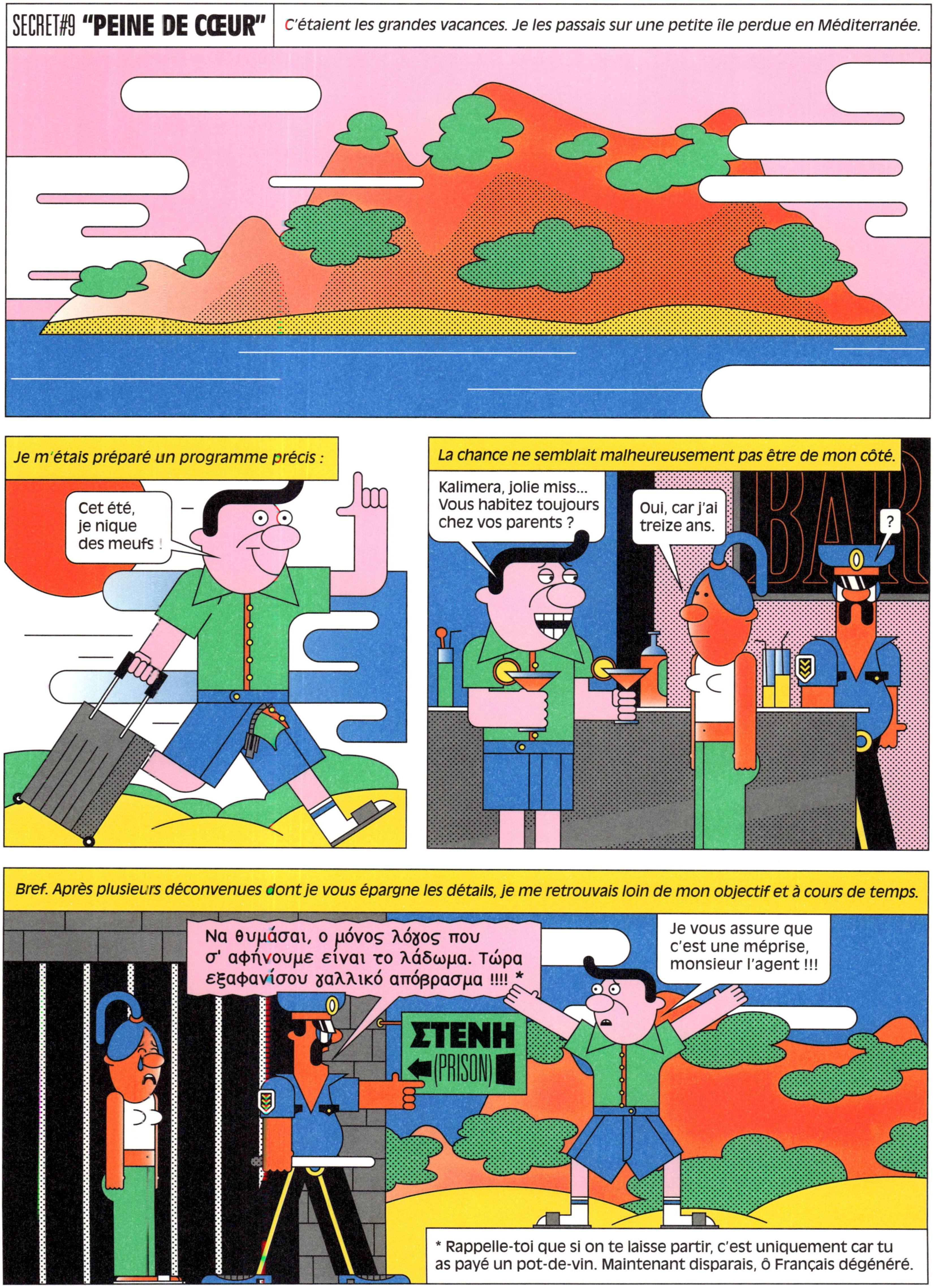
SECRET#9 "PEINE DE CŒUR"
C'étaient les grandes vacances. Je les passais sur une petite île perdue en Méditerranée.
Je m'étais préparé un programme précis :
Cet été, je nique des meufs !
La chance ne semblait malheureusement pas être de mon côté.
Kalimera, jolie miss... Vous habitez toujours chez vos parents ?
Oui, car j'ai treize ans.
BAR
?
Bref. Après plusieurs déconvenues dont je vous épargne les détails, je me retrouvais loin de mon objectif et à cours de temps.
Να θυμάσαι, ο μόνος λόγος που σ' αφήνουμε είναι το λάδωμα. Τώρα εξαφανίσου γαλλικό απόβρασμα !!!! *
Je vous assure que c'est une méprise, monsieur l'agent !!!
ΣΤΕΝΗ (PRISON)
* Rappelle-toi que si on te laisse partir, c'est uniquement car tu as payé un pot-de-vin. Maintenant disparais, ô Français dégénéré.

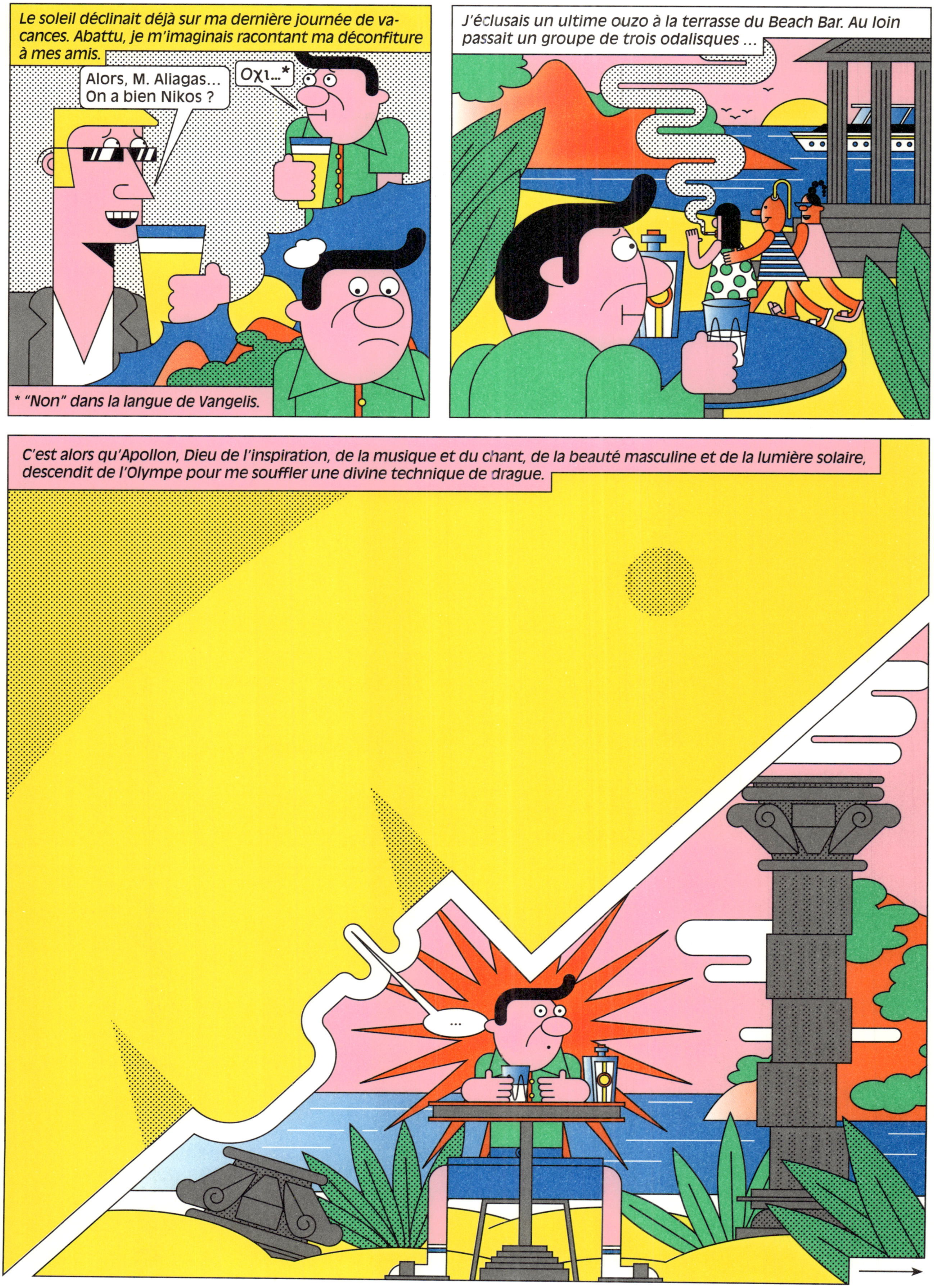
Le soleil déclinait déjà sur ma dernière journée de vacances. Abattu, je m'imaginais racontant ma déconfiture à mes amis.
Alors, M. Aliagas… On a bien Nikos ?
Οχι…*
* "Non" dans la langue de Vangelis.
J'éclusais un ultime ouzo à la terrasse du Beach Bar. Au loin passait un groupe de trois odalisques …
C'est alors qu'Apollon, Dieu de l'inspiration, de la musique et du chant, de la beauté masculine et de la lumière solaire, descendit de l'Olympe pour me souffler une divine technique de drague.
…

Était-ce l'ambiance mystique de cette île reculée ou les sept verres d'ouzo que j'avais descendus en plein cagnard qui me décidèrent ?
À nous quatre, odal… hips… odalisques !!!
Peu importe. Je suivis mon intuition au pas de course.
Oh my god, this retarded country is so amazing…
Yolo
Jeez, check out the speed of that loser !
He's horrible.
Cool, je crois qu'elles m'ont remarqué…
Je passe à la phase 2 du plan !
What the fuck man ?
A!
MY HEART… I'M HAVING… HEU… CRISE CARDAÏK !!!

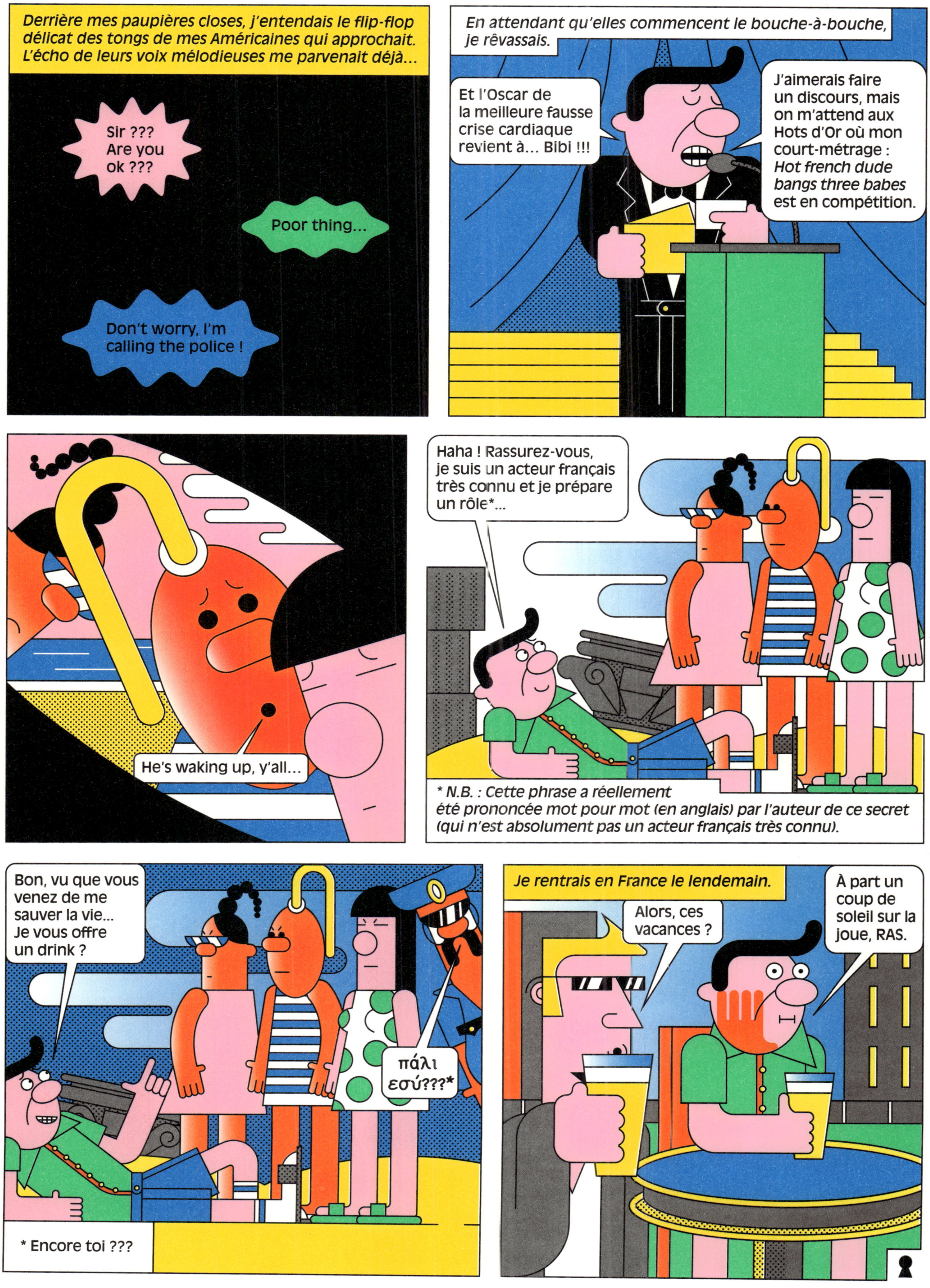
Derrière mes paupières closes, j'entendais le flip-flop délicat des tongs de mes Américaines qui approchait. L'écho de leurs voix mélodieuses me parvenait déjà…
Sir ??? Are you ok ???
Poor thing…
Don't worry, I'm calling the police !
En attendant qu'elles commencent le bouche-à-bouche, je rêvassais.
Et l'Oscar de la meilleure fausse crise cardiaque revient à… Bibi !!!
J'aimerais faire un discours, mais on m'attend aux Hots d'Or où mon court-métrage : *Hot french dude bangs three babes* est en compétition.
He's waking up, y'all…
Haha ! Rassurez-vous, je suis un acteur français très connu et je prépare un rôle*…
* N.B. : Cette phrase a réellement été prononcée mot pour mot (en anglais) par l'auteur de ce secret (qui n'est absolument pas un acteur français très connu).
Bon, vu que vous venez de me sauver la vie… Je vous offre un drink ?
πάλι εσύ???*
* Encore toi ???
Je rentrais en France le lendemain.
Alors, ces vacances ?
À part un coup de soleil sur la joue, RAS.

SECRET#10 "FREIN À BAIN"

Z
XXX

SECRET#11 "CHATATOUILLE"
"C'était après la guerre, vers 1946. J'étais aux scouts.
Ils sont bizarres ces nouveaux uniformes, non, chef ?
Je les ai achetés d'occasion, j'ai pas encore eu le temps d'enlever les badges d'origine et les taches de sang.
Tu veux une cibiche ?
Hitler Jugend
Mon grand frère Nanar était dans la même troupe que moi. Au rayon des blagues bien de chez nous, c'était un cador.
Alors, Martineau ? Toujours orphelin ?
Haha, sacré Nanar !!!
Un jour, Nanar eut l'idée du canular du siècle.
Voilà ce qu'on va faire...
(chuchotements équivoques mur-murés avec un accent à la Audiard)
Mince alors... Elle est un rien bath ton idée !
On va avoir besoin d'un marteau, d'une grosse gamelle, de mou pour le chat, de topinambours et d'une quille de pinard.
Je m'en vais chercher ça à la base américaine !
Tiens, j'ai tout trouvé sauf le jaja. Ils m'ont filé c'te drôle de gnôle à la place.
U.S.
Te bile pas, quinquin, ça fera l'affaire. Mets les topinambours à cuire dans la gamelle.
Mazette ! C'est bientôt prêt. Envoie z'y la piquette yankee, que j'assaisonne la pitance !
Bizarre... Le cépage n'est pas précisé sur l'étiquette.

Maintenant pose le mou pour le chat ici, et on se planque.
A!
Il est refroidi. Passe voir ton surin, que j'y enlève son pyjama.
Tiens, le chef vient de me l'aiguiser.
Note de l'éditrice : Afin de ne pas dissuader les amateurs de vidéos de type "chats mignons" d'acheter cet album, cette case à été censurée.
ZIP!
Et voilà !!! Il a moins de fourrure que Lulu dite "la Berlinoise" le jour de la Libération !!!
Haha, sacré Nanar !!!

Et voilà le travail... On peut être fiers de nous...
Tu sais ce qu'il te reste à faire, môme ?
Un peu.
OHÉ LES AMINCHES !!! À LA SOUPE !!!
Snif ? Snif ?
Mes aïeux... Ça sent rudement la bonne becquetance par ici...
Hmpf...
On vous a préparé un civet bien "chatoyant"... Poussez pas, y en aura pour tout le monde !!!
Quelqu'un a vu mon minet ?
Y a de drôles de cheveux dedans.
De la viande... Je n'en ai pas mangé depuis trois ans !!!
Vous vous êtes bien régalés, les potes ? Voulez-vous que que je vous donne le secret de la recette ?
Oui !!!
Pour Nanar hip hip hip...
Ce souvenir est encore un des meilleurs de ma vie. Je n'en tire aucune honte. Cela dit, je m'en veux encore de ne pas avoir trouvé une bouteille correcte pour assaisonner le plat.
?

SECRET#12 "PIPO AU LIT"
Âgé de vingt-huit ans, j'ai fait pipi dans le lit d'une meuf que je fréquentais depuis peu.
Mon chat, les draps sont trempés. Dois-je m'inquiéter ???
Non, non. Je pensais à notre histoire et je pleurais de bonheur, c'est tout.
Tu es si sensible. Et dire qu'au début de notre relation je pensais que tu étais pathologiquement immature et mythomane sur les bords.

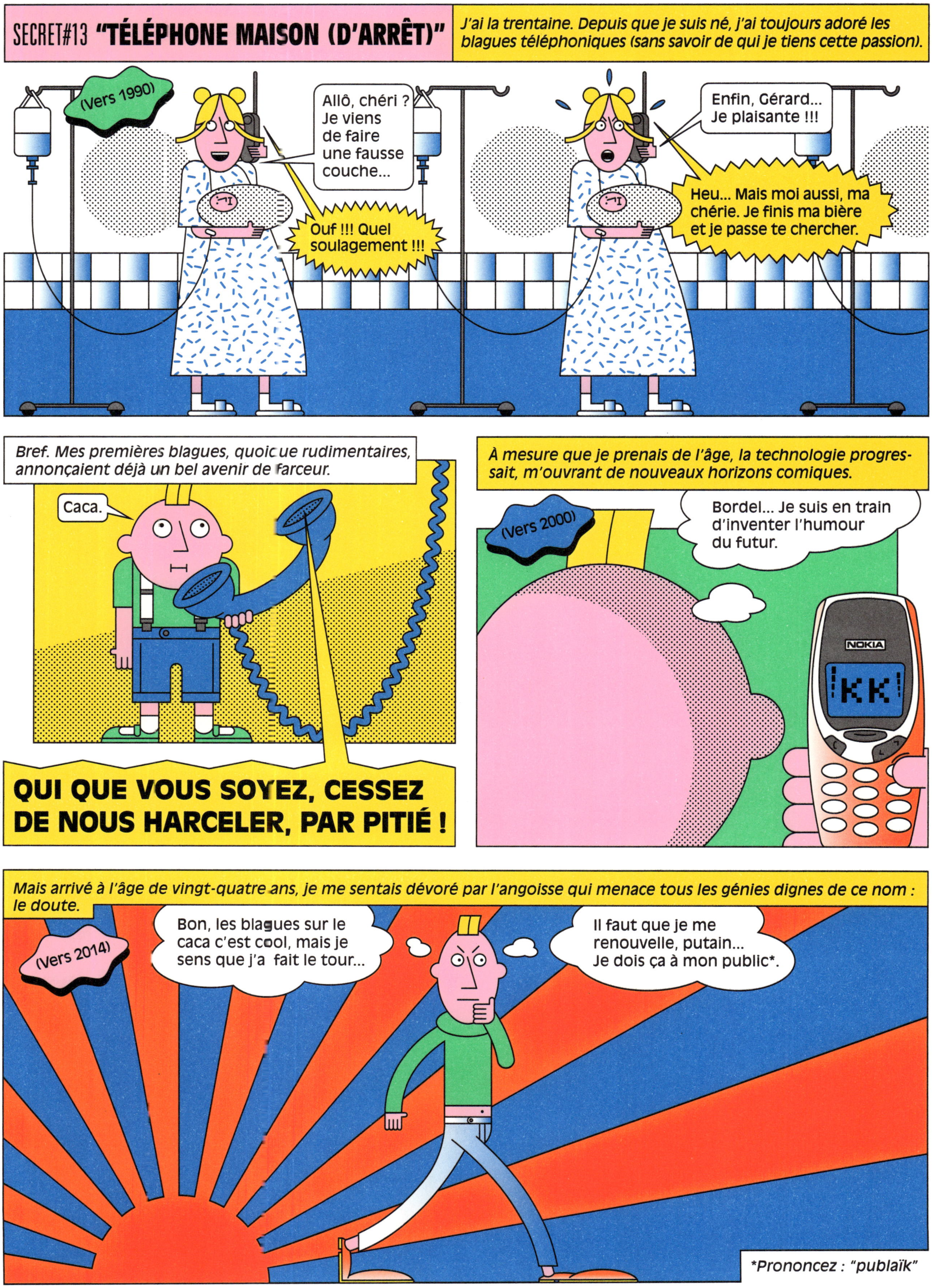
SECRET#13 "TÉLÉPHONE MAISON (D'ARRÊT)"
J'ai la trentaine. Depuis que je suis né, j'ai toujours adoré les blagues téléphoniques (sans savoir de qui je tiens cette passion).
(Vers 1990)
Allô, chéri ? Je viens de faire une fausse couche...
Ouf !!! Quel soulagement !!!
Enfin, Gérard... Je plaisante !!!
Heu... Mais moi aussi, ma chérie. Je finis ma bière et je passe te chercher.
Bref. Mes premières blagues, quoique rudimentaires, annonçaient déjà un bel avenir de farceur.
Caca.
QUI QUE VOUS SOYEZ, CESSEZ DE NOUS HARCELER, PAR PITIÉ !
À mesure que je prenais de l'âge, la technologie progressait, m'ouvrant de nouveaux horizons comiques.
(Vers 2000)
Bordel... Je suis en train d'inventer l'humour du futur.
NOKIA
KK
Mais arrivé à l'âge de vingt-quatre ans, je me sentais dévoré par l'angoisse qui menace tous les génies dignes de ce nom : le doute.
(Vers 2014)
Bon, les blagues sur le caca c'est cool, mais je sens que j'ai fait le tour...
Il faut que je me renouvelle, putain... Je dois ça à mon public*.
*Prononcez : "publaïk"

Je m'enfermai donc dans ma mansarde et me plongeai dans le travail.
Inlassablement, je cherchais la boutade qui régénérerait mon art.
idée blague #34 :
«bonjour Monsieur, votre commande de films porno est arrivée, vous nous devez 20.000 euros.»
Nul
idée blague #95 :
«Chère Madame, ici la voisine. Votre mari à oublié son slip chez moi. Quel marque de détachant extra-fort utilisez-vous pour laver ce vêtement ? »
Bof
idée blague #87 :
«Allô, ici la boucherie ? Est-ce que vous avez des pieds de porcs ? Oui ? Comment vous faites pour marcher alors?» (Note : Raccrocher en essayant de ne pas rire)
Trop dur
idée blague #124 :
« Ici Emmanuel Macron. Je cherch un chirurgien pour cryogéniser ma femme »
trop crédible
idée blague #347 :
«Bonjour, c'est le Patron de votre travail. Si vous n'envoyez pas une photo de votre cul à tous vos contacts, vous serez viré lundi prochain.»
Pas mal (N.B. : ne pas envoyer à maman)
idée blague #156 :
«Allô ? c'est Sarah à l'appareil. Sarah Croche (note : Raccrocher à ce moment là). »
Trop pointu
Puis, un soir de pleine lune...
EURÊKA !!! HAHAHAH HAHAHA!!!
J'avais trouvé. J'envoyai le message suivant à un numéro composé au hasard.
Je me suis débarrassé du corps. Je fais quoi maintenant ?
Quelques jours plus tard.
Je paierais cher pour voir la gueule de la personne qui a reçu le message...
L'assassin est derrière cette porte. Réglez vos Tasers au maximum les gars, ce type est un dangereux.
La police criminelle est venue perquisitionner mon domicile. J'étais soupçonné d'homicide. J'ai été incarcéré une journée et même le préfet a été prévenu."

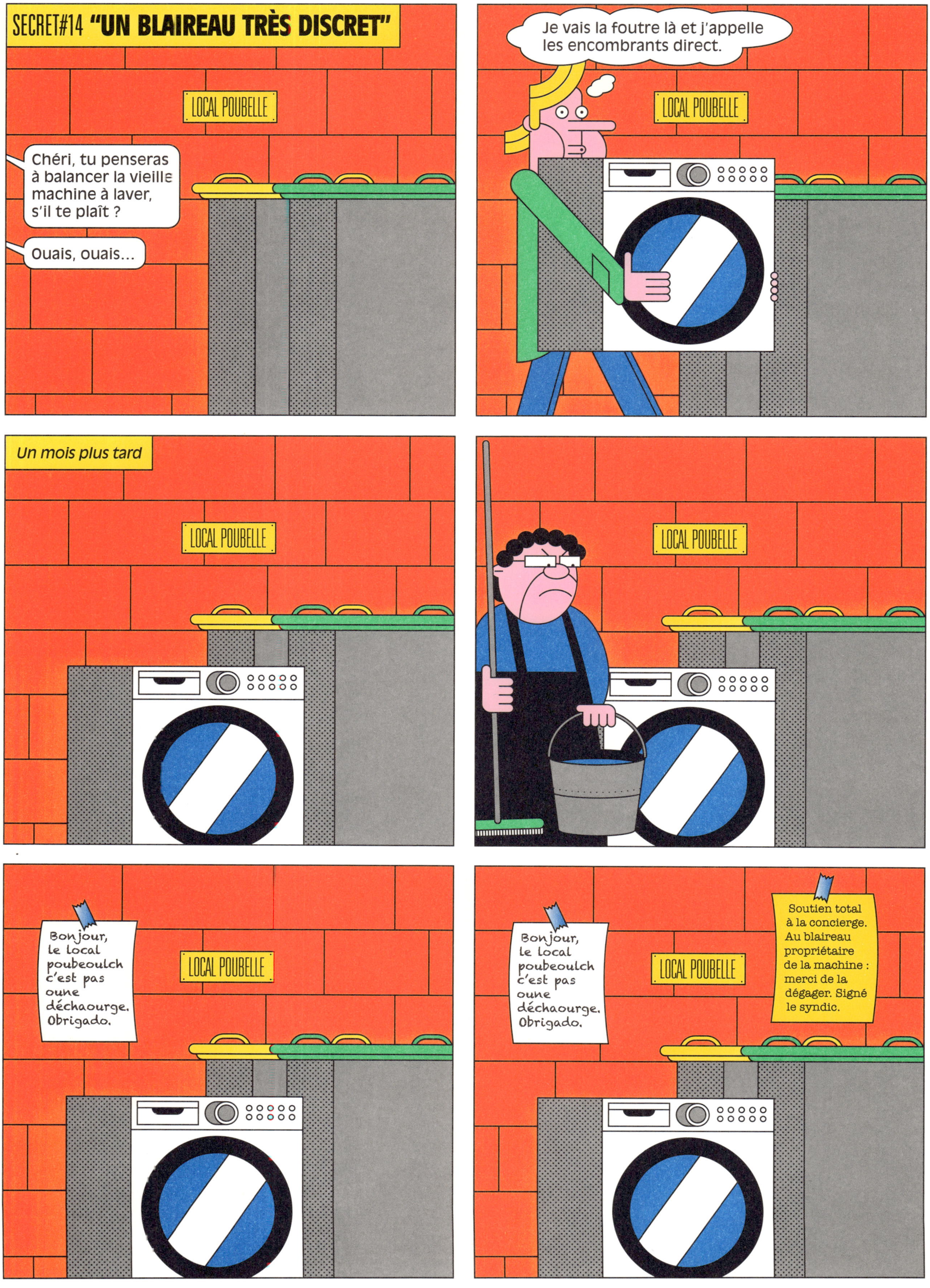
SECRET#14 "UN BLAIREAU TRÈS DISCRET"
LOCAL POUBELLE
Chéri, tu penseras à balancer la vieille machine à laver, s'il te plaît ?
Ouais, ouais…
Je vais la foutre là et j'appelle les encombrants direct.
LOCAL POUBELLE
Un mois plus tard
LOCAL POUBELLE
LOCAL POUBELLE
Bonjour, le local poubeoulch c'est pas oune déchaourge. Obrigado.
LOCAL POUBELLE
Bonjour, le local poubeoulch c'est pas oune déchaourge. Obrigado.
LOCAL POUBELLE
Soutien total à la concierge. Au blaireau propriétaire de la machine : merci de la dégager. Signé le syndic.

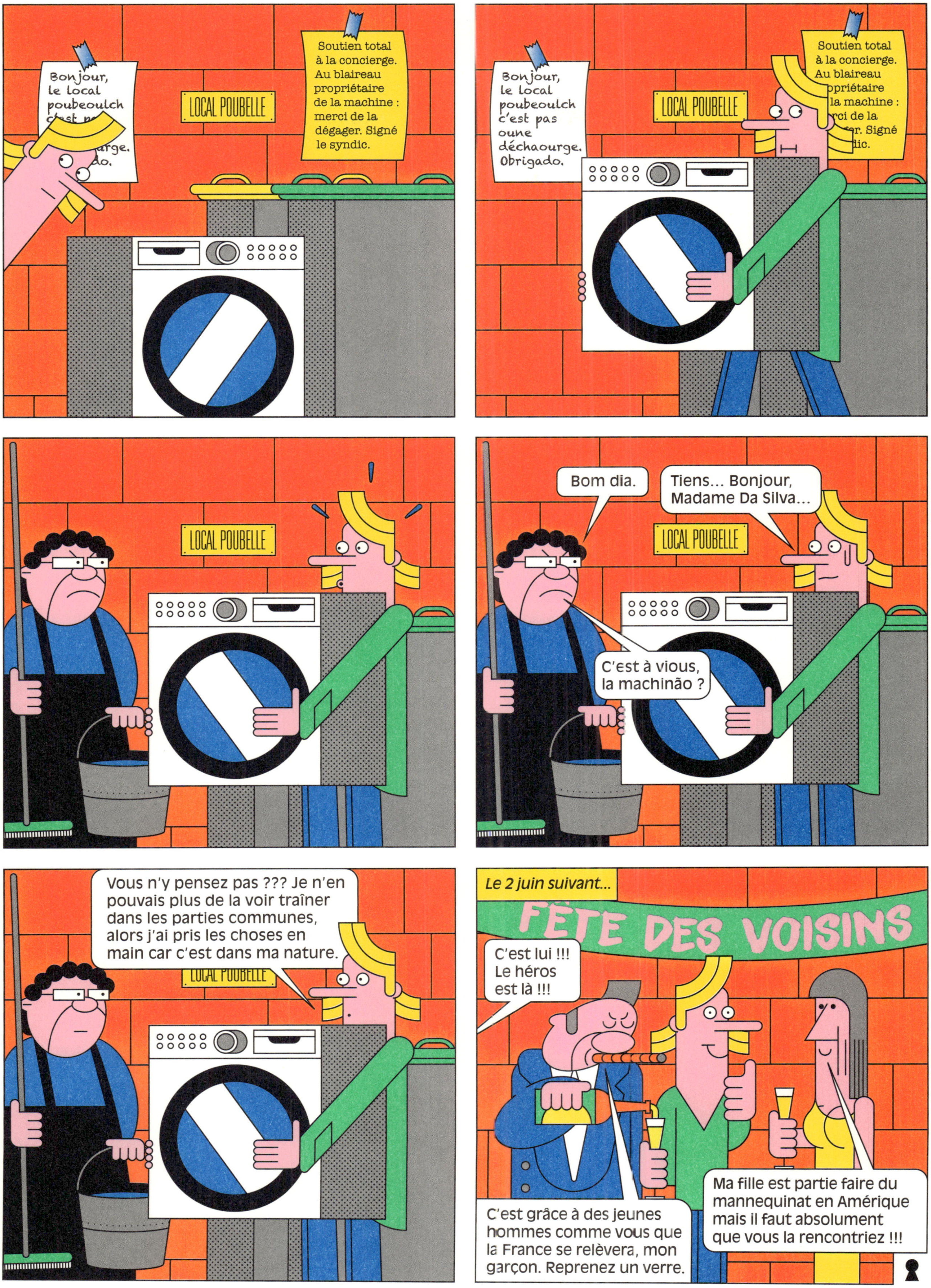
Bonjour,
le local
poubeoulch
LOCAL POUBELLE
Soutien total à la concierge. Au blaireau propriétaire de la machine : merci de la dégager. Signé le syndic.
Bonjour, le local poubeoulch c'est pas oune déchaourge. Obrigado.
LOCAL POUBELLE
LOCAL POUBELLE
Bom dia.
Tiens… Bonjour, Madame Da Silva…
LOCAL POUBELLE
C'est à vious, la machinão ?
Vous n'y pensez pas ??? Je n'en pouvais plus de la voir traîner dans les parties communes, alors j'ai pris les choses en main car c'est dans ma nature.
Le 2 juin suivant…
FÊTE DES VOISINS
C'est lui !!! Le héros est là !!!
C'est grâce à des jeunes hommes comme vous que la France se relèvera, mon garçon. Reprenez un verre.
Ma fille est partie faire du mannequinat en Amérique mais il faut absolument que vous la rencontriez !!!

SECRET#15 "DE LA VOITURE, ON VOYAIT MAL LE PONT (MAIS DU PONT, ON VOYAIT BIEN LA VOITURE)"

SECRET#16 "MENÉ EN BATEAU"
J'avais décidé d'enfin m'offrir un bateau.
Allez... Je me "jette à l'eau" !!! Hahahaha !!!
Je me mettais donc à en chercher un dans le commerce.
NOS BATEAUX SONT COOL, CAR JAMAIS ILS NE COULENT !
YACHTS 'N' BOATS
magasin de bateaux américains
Celui-là est un peu au-dessus de mon budget... Auriez-vous quelque chose de moins grand et de plus abordable ?
Certainement.
PRIX : 1 MILLIARD (de dollars)
Je n'arrivais malheureusement pas à trouver mon bonheur en magasin.
Je décidai alors de réaliser mon rêve autrement.
Les marchands de rafiots, je les emmerde !!! Mon bateau, je le construirai tout seul !!! Taulier, l'addition !!!
T'inquiète, c'est pour moi.
M'offres-tu cet alcool pour exprimer ton soutien ?
Non, parce que quelque chose me dit que t'es sur le point de boire beaucoup d'eau.

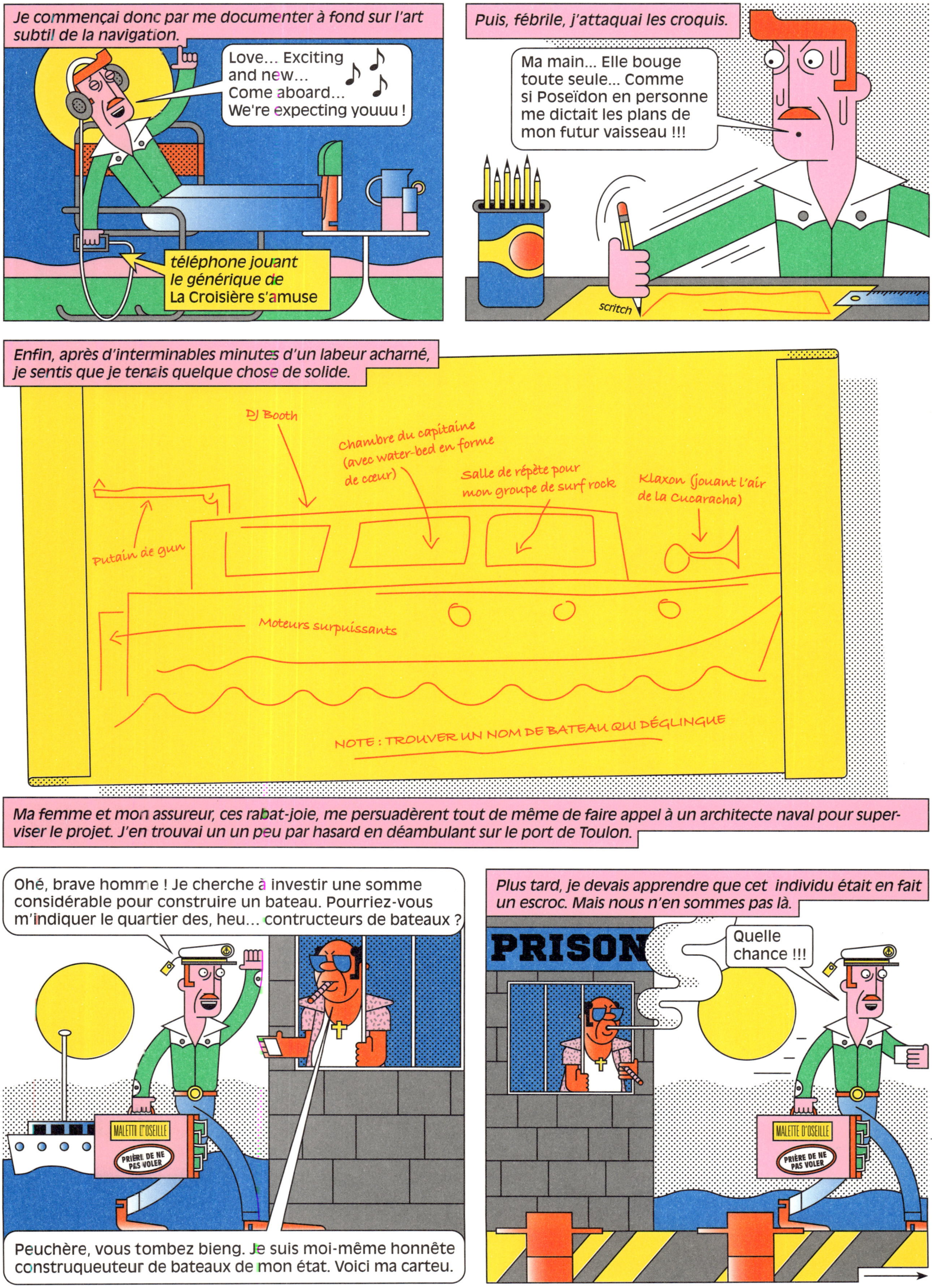

Je commençai donc par me documenter à fond sur l'art subtil de la navigation.
Love… Exciting and new… Come aboard… We're expecting youuu !
téléphone jouant le générique de La Croisière s'amuse
Puis, fébrile, j'attaquai les croquis.
Ma main… Elle bouge toute seule… Comme si Poseïdon en personne me dictait les plans de mon futur vaisseau !!!
scritch
Enfin, après d'interminables minutes d'un labeur acharné, je sentis que je tenais quelque chose de solide.
DJ Booth
Chambre du capitaine (avec water-bed en forme de cœur)
Salle de répète pour mon groupe de surf rock
Klaxon (jouant l'air de la Cucaracha)
Putain de gun
Moteurs surpuissants
NOTE : TROUVER UN NOM DE BATEAU QUI DÉGLINGUE
Ma femme et mon assureur, ces rabat-joie, me persuadèrent tout de même de faire appel à un architecte naval pour superviser le projet. J'en trouvai un un peu par hasard en déambulant sur le port de Toulon.
Ohé, brave homme ! Je cherche à investir une somme considérable pour construire un bateau. Pourriez-vous m'indiquer le quartier des, heu… contructeurs de bateaux ?
MALETTE D'OSEILLE
PRIÈRE DE NE PAS VOLER
Peuchère, vous tombez bieng. Je suis moi-même honnête construqueuteur de bateaux de mon état. Voici ma carteu.
Plus tard, je devais apprendre que cet individu était en fait un escroc. Mais nous n'en sommes pas là.
PRISON
Quelle chance !!!
MALETTE D'OSEILLE
PRIÈRE DE NE PAS VOLER

Je revis donc l'architecte (dont le nom a été modifié ici pour préserver son anonymat).
Bonjour, monsieur Roublardos ! Tiens... Qu'est-ce que c'est que ce bracelet à votre cheville ?
BIP BIP
C'est rieng. Vous avez pensé à mon acompte en liquideuh ?
Il me présenta ses ouvriers.
Ce sont les meilleurs.
...
KOF!
C'étaient des retraités des chantiers navals de la Seyne-sur-Mer. Ils touchaient une pension de l'État car ils avaient été dangereusement exposés à l'amiante.
L'un d'entre eux était le sosie du "Doc", le savant de Retour vers le futur mais avec l'accent du Sud.
Là où on va, on n'a pas besoing de routeuh... Parce qu'on va en mer, fada !!!
Malgré leurs dégaines de clodos du troisième âge, ils bossaient bien. Le bateau avançait. Son immense taille (17 mètres) le faisait dépasser de l'atelier. Mais à part ça, il n'y avait rien d'inquiétant. Pour l'instant...
Roublardos, je vais être cash : au début, je vous ai pris pour un malhonnête. Mais là, vous m'épatez...
KOF !!! KOF KOF !!!
ZZZ
51
Le "Doc" se faufilait dans la carlingue. Il construisait le bateau de l'intérieur.
Oh pitchoune !!! Tu es sûr que tu veux pas que je t'installe la machine à remonter le tang ?
Non merci, vraiment.
Un photographe, "Jo Derrick", documentait la construction. Il rêvait d'un catamaran pour faire le tour du monde avec sa bourgeoise.
Bien entendu, Roublardos arriva à lui en refourguer un de sa fabrication.
Quant à moi, je déjeunais avec mon père sur le chantier tous les vendredis. Bref, c'était la belle vie...
... Ça ne devait naturellement pas durer.

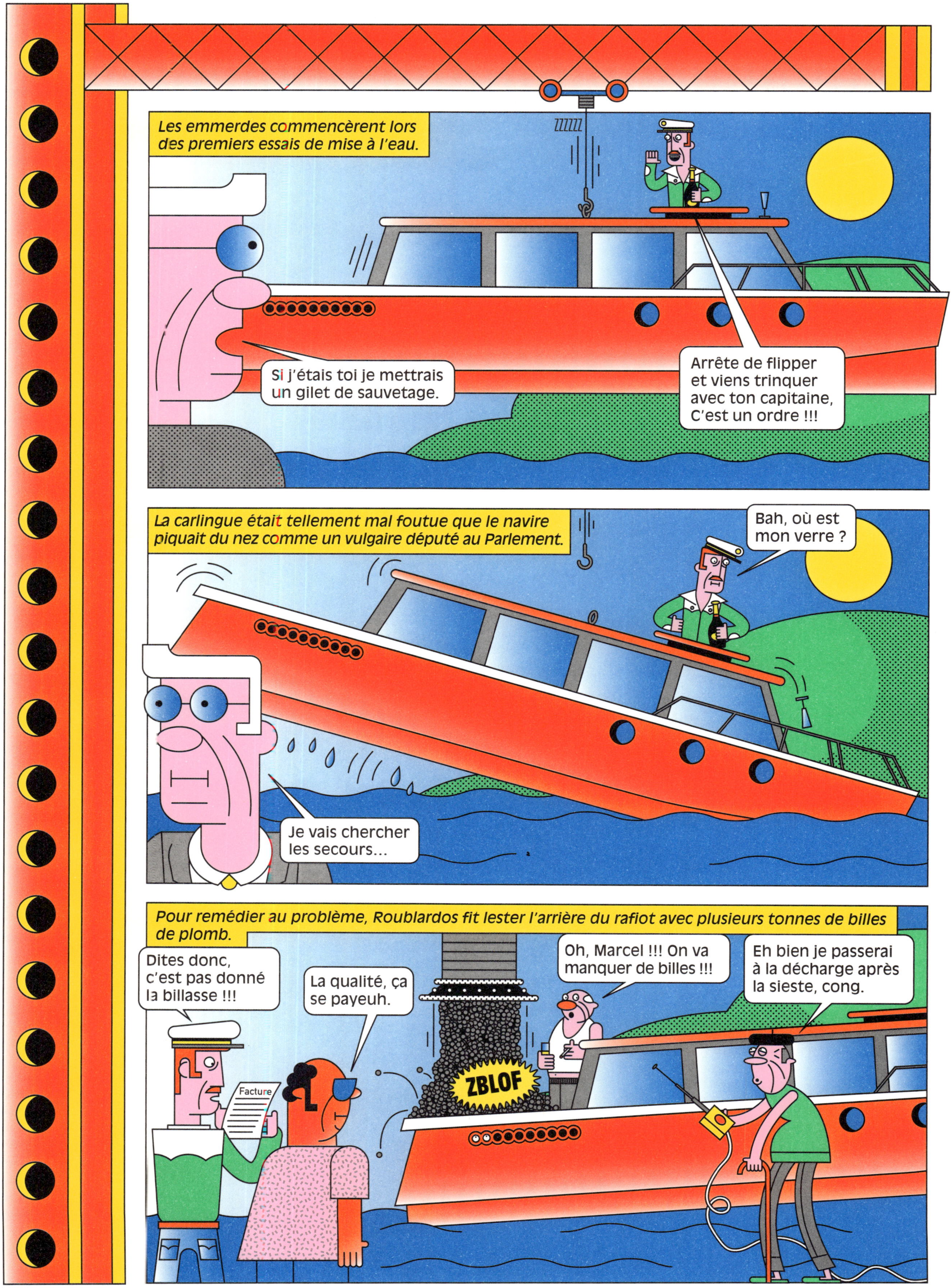

Les emmerdes commencèrent lors des premiers essais de mise à l'eau.
Si j'étais toi je mettrais un gilet de sauvetage.
Arrête de flipper et viens trinquer avec ton capitaine, C'est un ordre !!!
La carlingue était tellement mal foutue que le navire piquait du nez comme un vulgaire député au Parlement.
Bah, où est mon verre ?
Je vais chercher les secours...
Pour remédier au problème, Roublardos fit lester l'arrière du rafiot avec plusieurs tonnes de billes de plomb.
Dites donc, c'est pas donné la billasse !!!
Facture
La qualité, ça se payeuh.
ZBLOF
Oh, Marcel !!! On va manquer de billes !!!
Eh bien je passerai à la décharge après la sieste, cong.

Le bateau s'en retrouva considérablement alourdi ; il fallut installer un moteur géant avec une giga hélice pour le faire avancer.
Bonne mère… C'est pas l'héliceuh qui va tourner autour du bateau… C'est le bateau qui va tourner autour de l'héliceuh !!!*
*Cette phrase vaguement pagnolesque est véridique.
Oh, Galinette !!! Ce bateau est telleument énôrmeuh que c'est pas lui qui prend la vague… Mais c'est la vagueuh qui se le preng*.
*Également citée mot pour mot.
Cela n'aida en rien. Le boat était tellement lourd que je ne pouvais même pas prendre les vagues.
Mets la gomme, fils, on part en arrière !!!
Je suis au max !!!
REUH!!
J'étais littéralement obligé de porter des lunettes de ski quand je pilotais cette casserole.
SPLAAATCH!
J'avoue que quand j'imaginais les embruns me caresser le visage, je voyais quelque chose de moins pénétrant.
Puis, un jour que j'étais loin de la mer, de mon bateau pourri et de son escadrille d'emmerdes…
DRING!
Allô, Roublardos ?
Allô !!! Je peux pas parler, je suis sur écoute !!! On va être en garde à vue !!!
CLIC
Hein ?
Monsieur Naqué ? Bernard Naqué ?
Police nationale, Veuillez nous suivre.

Avant d'avoir le temps de dire "plouf" je me retrouvai au poulailler. On me retira mes lacets, et un gros commissaire vint me cuisiner comme si j'étais Al Capone en personne. C'était à n'y rien piger.
AVOUE, TOCARD !!!
D'accord, mais quoi ???
Bon, puisque Monsieur fait des manières, on va tout reprendre depuis le début…
Oui, par pitié.
Primo, tu te fais construire un rafiot par un escroc notoire, Robert Roublardos, dit "Bobby-les-Bobards", dit "Roro la raclure"…
42799
Monsieur Roublardos n'est pas seulement un prestataire, c'est un ami. Je ne vous permets pas de…
ET MOI JE TE PERMETS DE FERMER TON CLAQUE-MERDE, OU JE TE FAIS AVALER LE BOTTIN !!! VU ???
Vu.
Secundo, tu fais bosser des retraités sur ton chantier. Au black, naturellement.
Baisse les yeux, tu me dégoûtes.
Tertio, tu te bricoles un moteur avec plus de chevaux que la fusée Ariane…
Je passe sur le lit de mac en forme de cœur et le klaxon loufoque, chacun ses goûts…
Bref, on va pas y passer la nuit.
OÙ EST LA SCHNOUFF ??

J'étais tellement innocent que je ne compris pas tout de suite.
Où est quoi ?
La schnouff.
À vos souhaits.
JOUE PAS AU CON NANAR, OU IL VA PLEUVOIR DES PRUNEAUX !!!
entendu
En fait, la police pensait que je me construisais un speed-boat afin de me lancer dans le trafic international de drogue. Ils avaient même débarqués sur le chantier comme des cow-boys pendant mon absence.
LES MAINS EN L'AIR !!!
Grâce à Dieu, j'avais réglé toutes les dépenses en chèque. C'est Roublardos qui, dans sa grande probité, payait les vieux en cash derrière. Je me retrouvai donc finalement hors de tout soupçon.
Eh bien, cher ami, on dirait que cette affaire n'est qu'une énorme bavure... Je veux dire, une énorme méprise !!!
Sans rancune, monsieur le connard... Je veux dire, monsieur le commissaire !
Par contre, je vois que vous n'avez toujours pas trouvé de "nom qui déglingue" à votre bateau... Il lui en faudrait un pour l'inscrire au registre.
Eh bien, cette histoire de fou m'a donné une idée. Je vais l'appeler...
... LE "SCHNOUFF" !!!
Et c'est ainsi que j'ai trouvé le nom de mon bateau.
En réalité, le commissaire me dissuada d'utiliser ce nom qui garantissait de me foutre toutes les polices maritimes du monde au cul. Nous nous mîmes donc d'accord sur un blaze que les fans de Louis de Funès comprendront tout de suite...

Il va beaucoup moins bien marcher maintenant.
LE YOUKOUNKOUN

Figurez-vous que cette anecdote hallucinante n'est pas finie,
et que son aspect le plus inavouable se trouve dans son épilogue.
Tournez la page, et laissez le réel dépasser la fiction...

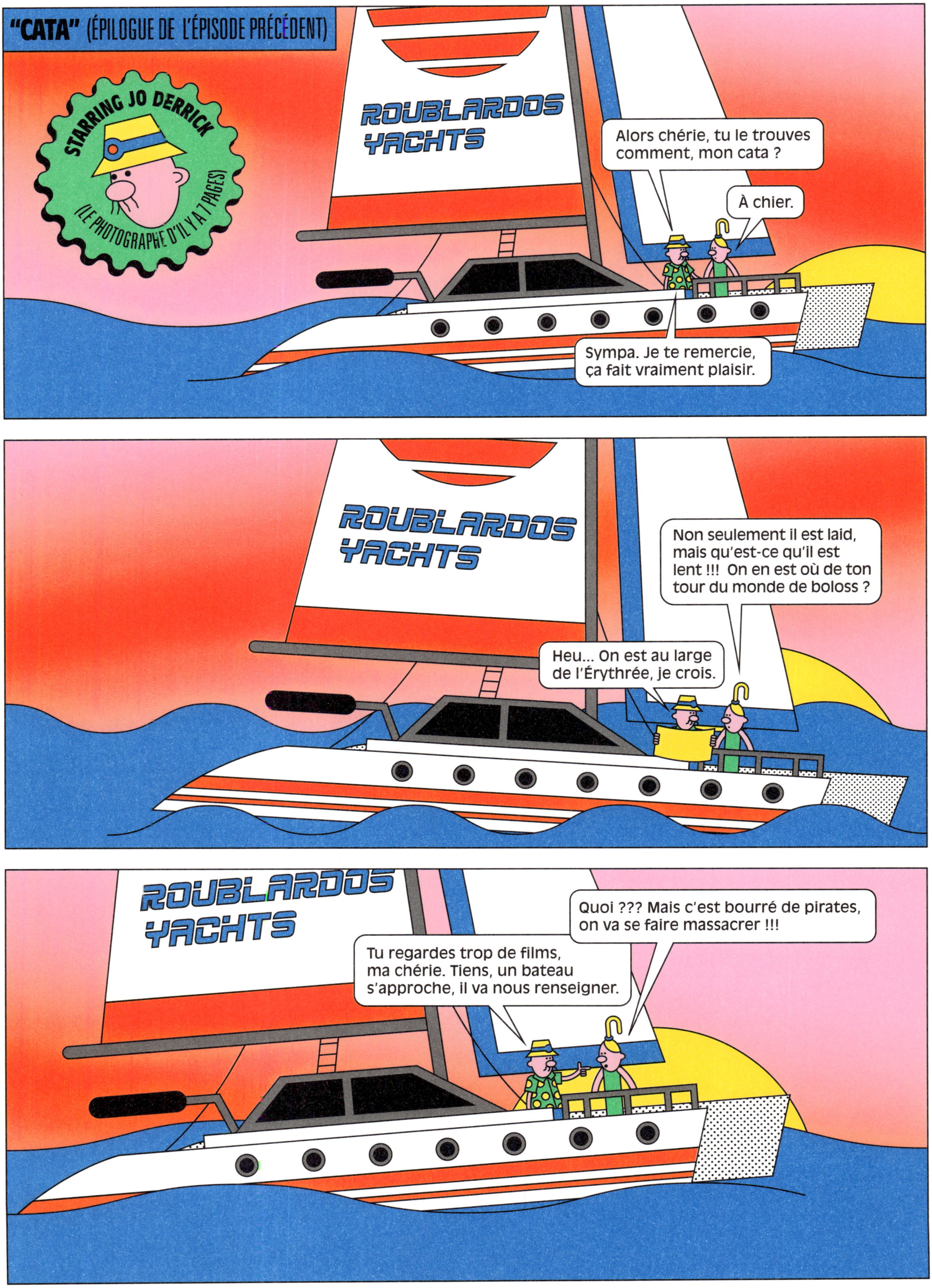
"CATA" (ÉPILOGUE DE L'ÉPISODE PRÉCÉDENT)
STARRING JO DERRICK
(LE PHOTOGRAPHE D'IL Y A 7 PAGES)
ROUBLARDOS YACHTS
Alors chérie, tu le trouves comment, mon cata ?
À chier.
Sympa. Je te remercie, ça fait vraiment plaisir.
ROUBLARDOS YACHTS
Non seulement il est laid, mais qu'est-ce qu'il est lent !!! On en est où de ton tour du monde de boloss ?
Heu... On est au large de l'Érythrée, je crois.
ROUBLARDOS YACHTS
Quoi ??? Mais c'est bourré de pirates, on va se faire massacrer !!!
Tu regardes trop de films, ma chérie. Tiens, un bateau s'approche, il va nous renseigner.

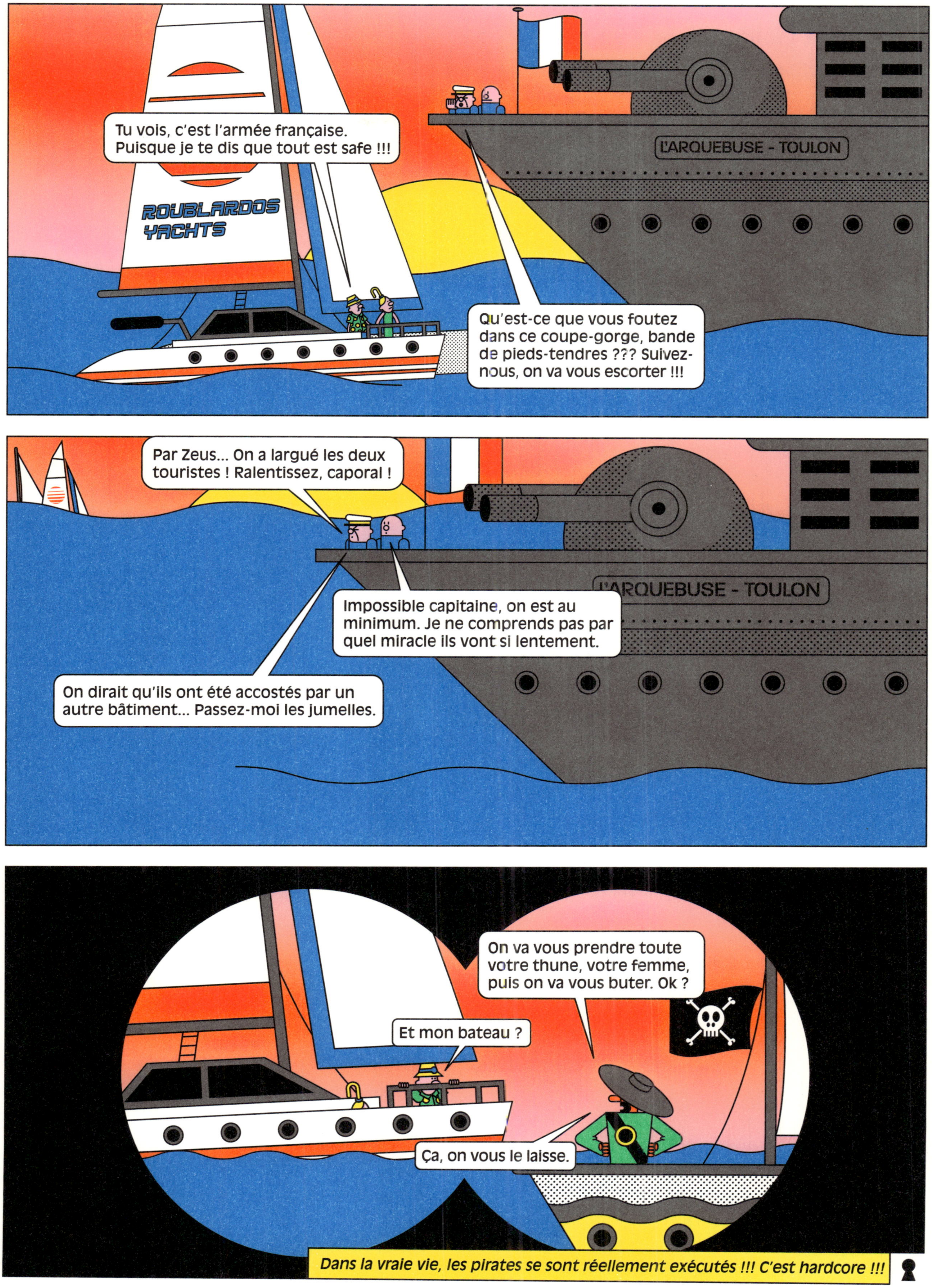

Tu vois, c'est l'armée française. Puisque je te dis que tout est safe !!!
ROUBLARDOS YACHTS
L'ARQUEBUSE - TOULON
Qu'est-ce que vous foutez dans ce coupe-gorge, bande de pieds-tendres ??? Suivez-nous, on va vous escorter !!!
Par Zeus... On a largué les deux touristes ! Ralentissez, caporal !
L'ARQUEBUSE - TOULON
Impossible capitaine, on est au minimum. Je ne comprends pas par quel miracle ils vont si lentement.
On dirait qu'ils ont été accostés par un autre bâtiment... Passez-moi les jumelles.
On va vous prendre toute votre thune, votre femme, puis on va vous buter. Ok ?
Et mon bateau ?
Ça, on vous le laisse.
Dans la vraie vie, les pirates se sont réellement exécutés !!! C'est hardcore !!!

SECRET#17 **"LA COUPE EST PLEINE"**

Une nuit, bourré, je suis entré par effraction dans un bar de rugbymen fermé. J'ai chié dans un des nombreux trophées qui y étaient exposés.

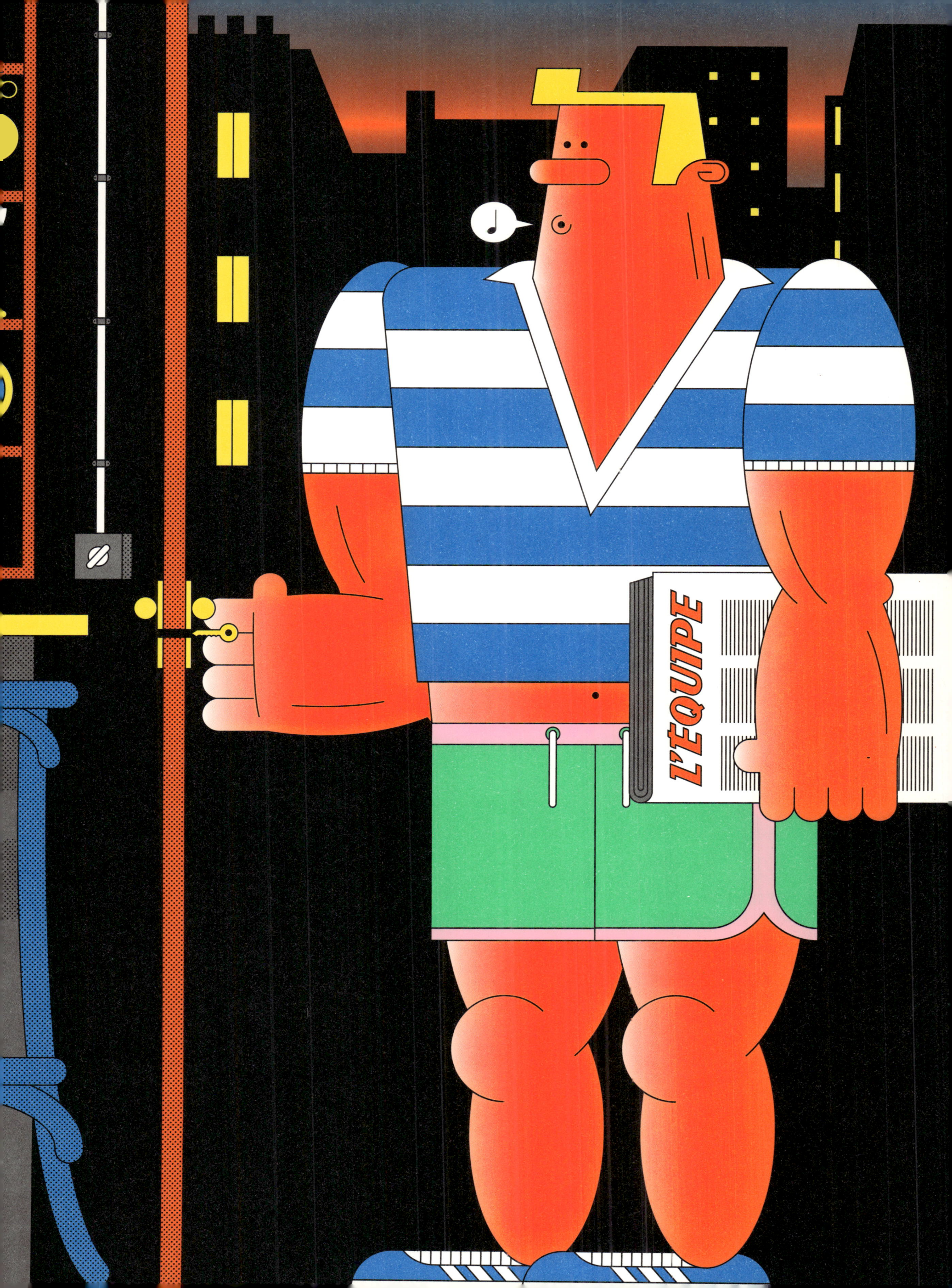
L'EQUIPE

SECRET #18 "MISS FREEZE"
J'étais en date avec une fille rencontrée sur les applis.
Je ne comprends vraiment pas tous ces queutards qui traînent sur Tinder… Perso, j'y cherche la femme de ma laïfe…
Rappelle-moi ton petit nom ?
Céline…
La soirée se passait plutôt bien.
OH OUI, MA CÉLIA !!!
Line. Cé-line.
"C'est Line"?
Pardon.
OH OUI, MA LINE !!!
Une torride minute plus tard.
Euf… C'est un sacré rodéo que tu m'as offert là, jolie cow-girl…
Bon. On éteint ?
Déjà ? Pourtant j'ai encore un million de questions à te poser, machine…
Je veux dire, ma Line.
Ah oui ? Du genre ?

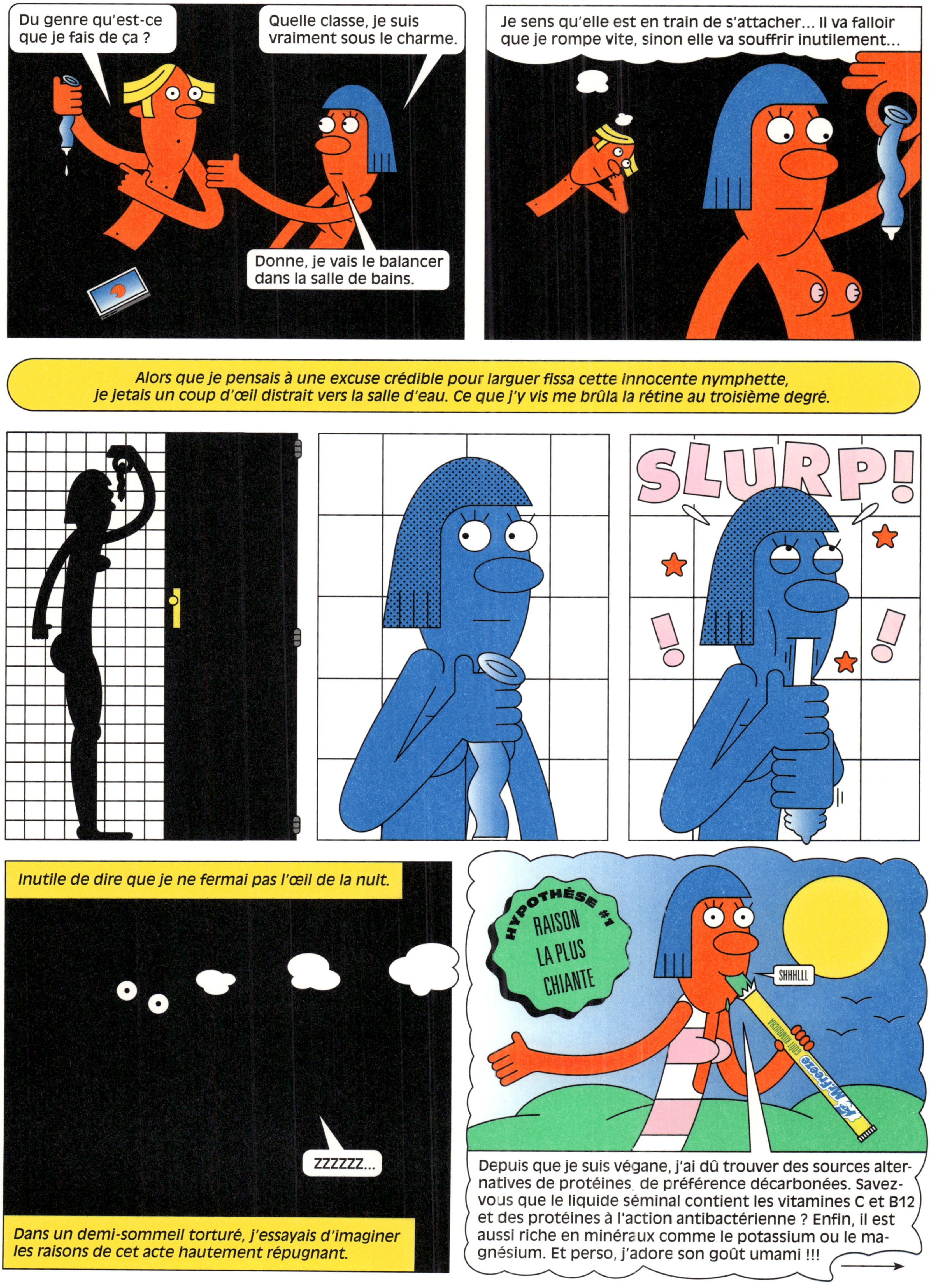
Du genre qu'est-ce que je fais de ça ?
Quelle classe, je suis vraiment sous le charme.
Donne, je vais le balancer dans la salle de bains.
Je sens qu'elle est en train de s'attacher... Il va falloir que je rompe vite, sinon elle va souffrir inutilement...
Alors que je pensais à une excuse crédible pour larguer fissa cette innocente nymphette, je jetais un coup d'œil distrait vers la salle d'eau. Ce que j'y vis me brûla la rétine au troisième degré.
SLURP!
Inutile de dire que je ne fermai pas l'œil de la nuit.
ZZZZZZ...
Dans un demi-sommeil torturé, j'essayais d'imaginer les raisons de cet acte hautement répugnant.
HYPOTHÈSE #1
RAISON LA PLUS CHIANTE
SHHHLLL
Depuis que je suis végane, j'ai dû trouver des sources alternatives de protéines, de préférence décarbonées. Savez-vous que le liquide séminal contient les vitamines C et B12 et des protéines à l'action antibactérienne ? Enfin, il est aussi riche en minéraux comme le potassium ou le magnésium. Et perso, j'adore son goût umami !!!

HYPOTHÈSE #2
RAISON LA PLUS PROBABLE
JE SUIS VULVINIA, L'ANGE EXTERMINATEUR QUI VIENT PURGER LA TERRE DES QUEUTARDS QUI Y PULLULENT !!!
AAAA

MAINTENANT QUE J'AI RÉCOLTÉ TA SEMENCE DÉGÉNÉRÉE, JE VAIS TE SUCER LA CERVELLE !!!
AAH!!!

ÇA VOUS A PLU, ET VOUS EN VOULEZ ENCORE.
Alors inscrivez votre secret le plus déshonorant dans le formulaire ci-contre et tentez de figurer dans *Inavouable 2*, à paraître dès ma sortie de prison !!!

FORMULAIRE DE LA HONTE

Je soussigné anonymement,

☐ *Monsieur X* - ☐ *Madame X* - ☐ *Gender Fluid X* - ☐ *J'ai trop peur de me faire griller pour donner mon sexe X*

autorise Théophile Sutter, dit "l'Immortel" à transformer ma vie en œuvre majeure, au risque de me faire démasquer et de devenir la risée de la francophonie (et potentiellement du monde en cas de traduction / succès éditorial massif).

NATURE DU SECRET

☐ *Politique* - ☐ *Alcool/stupéfiants* - ☐ *Baise* - ☐ *Merde/chiasse* - ☐ *Vol* - ☐ *Gaffe* - ☐ *Meurtre* - ☐ *Autre*

METTRE SOUS SCELLÉS ET ADRESSER À :
MARIE NAUDET - Cheffe du pôle Inavouable - HACHETTE LIVRE - 58, Rue Jean Bleuzen, 92170 Vanves - FRANCE

JTE KIF MAN!
GROSBIBI

La police criminelle est venue perquisitionner mon appartement. J'étais soupçonné d'homicide.

En réalité, j'avais simplement envoyé un texto à un numéro inconnu, avec écrit : "Je me suis débarrassé du corps, je fais quoi maintenant ?"
J'ai passé l'après-midi au commissariat. Il avaient même dû prévenir le préfet.

J'avais 24 ans.

« sauver la
te », j'ai
que tout le
meme à
5 ans.

J'ai 35 ans et
je colle encore
mes crottes de nez sous
le lit

it ans,
pipi au
le lit
avec

J'ai fait caca
sur le paillasson
au voisin
de merde

Je suis amoureux de ma
femme

Je suis italienne
et mon secret, c'est
que j'aime les pizzas
congelées

Je me suis fait caca
dessus en cours d'allemand
et j'ai jeté mon slip
dans les toilettes de
la cantine

Je lui ai jamais
dit mais je suis
amoureux de
Théophile Sutter
♡

JE VIS DANS LE 11EME DEPUIS
PLUSIEURS ANNÉES, ET JE SUIS
ENTOURÉ D'UNE MAJORITÉ
ÉCRASANTE D'AMIS DE GAUCHE,
MAIS J'AI VOTÉ FILLON EN
2017...

CHUUUUUUUUUUUUUUUUU

DIRECTION : CATHERINE SAUNIER-TALEC RESPONSABLE ÉDITORIALE : LISA GRALL RESPONSABLE DE PROJET : MARIE NAUDET RELECTURE : MARIE-ÈVE FOUTIE
FABRICATION : AMÉLIE LATSCH RESPONSABLE DES PARTENARIATS : DANA LICHIARDOPOL (DLICHIARDOPOL@HACHETTE-LIVRE.FR)

DÉPÔT LÉGAL : OCTOBRE 2023 - 77-7275-1/01
ISBN : 978-2-01-788539-9 IMPRIMÉ EN CHINE

MERCI

JE REMERCIE TOUS LES CO-AUTEURS DE CE LIVRE, À SAVOIR LES ANONYMES QUI M'ONT CONFIÉ LEURS SECRETS. JE REMERCIE MES PARENTS DE M'AVOIR DONNÉ LA VIE, ET SOPHIE DE M'AVOIR DONNÉ SA MAIN. JE REMERCIE CATHERINE, MARIE ET LISA POUR LEUR CONFIANCE. JE VOUS REMERCIE, VOUS QUI ME LIS